Yves COURAUD

Un jour le lac

Roman d'Aventures et de fiction

Un jour, le lac

Conception graphique de couverture: Basile COURAUD

ISBN : 978-2-3220-3150-4

© *Books on Demand GmbH- 2013*

*Pour Cécile
Créatrice d'un monde*

*Pour Basile & Bertille
Les futurs du monde*

Un jour, le lac

Du même auteur

Poèmes

Les Céciliennes (Les Presses du Lys-1976)
Memora (Les Presses du Lys-1977)
Les Chimères Intérieures (Les Presses du Lys-1979)
Cris d'Horizon (Les Presses du Lys-1979)
Etoiles et Tripôt (La Presse à Epreuves-1982)
Divergences (La Lune Bleue, éditeurs-1986)
Textes Poétiques 1974-2002 (Le Manuscrit.-2002)
Mush (D'Ici & d'Ailleurs-2009)

Nouvelles

Huit Nouvelles d'Ailleurs (Le Manuscrit-2001)
Historiettes (B.O.D – 2009)
Echafaudages (B.O.D – 2010)

Romans

Demain Paradis (Editions du Cavalier Vert-1997)
Une Ecriture Américaine (Editions du Cavalier Vert-1999)
Cinq Siècles (Editions du Cavalier Vert-2001)
Le Guerrier Souriant (Editions du Cavalier Vert-2004)

Théâtre *(avec Arnaud DEPARNAY)*

Transhumances (TheBookEdition – 2010)

Un jour, le lac

Un jour je le traverserai. Pas aujourd'hui, l'eau est trop froide, trop noire. Je reviens régulièrement au lac en m'attardant sur la valse des vagues qui lèchent les pieds du ponton. J'y reviens depuis ce temps où les plongeons de mes amis d'alors fendirent pour la première fois la surface lisse comme un ciel d'été. Un chemin le longe, s'accouplant fidèlement aux courbes de la rive. La terre tassée au fil des ans par des milliers de pas résonne en creux dans nos poitrines quand nous courons. Est-ce la terre qui résonne ou nos mémoires enfouies ?

Un jour, le lac

Chapitre 1

Voyager, étymologiquement, c'est parcourir le chemin. En prenant le temps de son temps, sans chercher à arriver vite, voire même sans chercher à arriver. Le but de mon voyage est là. Présent avec moi-même, goûtant chaque minute de ce temps qui passe en douceur. Pour aller jusqu'au Pérou, où j'envisage un reportage photo de Machu Picchu, la cité inca, j'aurais pu prendre l'avion. J'ai choisi le cargo. Un énorme bateau long de deux cent mètres, au nom imprononçable, la quille rouge vif, chargé de conteneurs remplis de calculatrices made in Asia ou de jouets de même provenance. Quelques centaines de milliers d'articles arrivés à Anvers et aussitôt rechargés pour d'autres destinations. Sur ces bateaux, quelques cabines sont mises à disposition des voyageurs comme moi. Les voyageurs lents. La cuisine de bord est excellente, la bibliothèque riche et variée, les levers et couchers de soleil sur la mer plus vrais qu'en photo. Vingt et un jours de mer contre quelques heures dans les airs, aucune contrainte et une liberté quasi totale de se promener sur l'immense structure. Aucune contrainte sauf deux qui sont inaliénables: être à l'heure aux repas du bord afin de respecter les changements de quart de l'équipage et surtout ne jamais prononcer le mot « lapin ». Sur un bateau, ça porte malheur et les marins sont très superstitieux. Comme je n'ai aucune envie d'être passé par dessus bord, je m'en abstiens, sans mal il est vrai car je parle rarement de « lapin ». Ma vie s'organise donc autour de deux activités majeures, lire et flâner sur le pont. « Les voyages de la Pérouse » m'ont pris trois jours pleins, un traité de navigation à l'usage des élèves officiers d'une école d'hydrographie une poignée d'heures avant de bailler. J'ai adoré « Quentin Durward »...A l'escale de Panama City, le dix-septième jour, trois touristes allemands embarquent, un couple accompagné d'une femme. Une drôle de sensation me traverse, ces touristes là ne font pas de tourisme, ils ont plutôt l'air d'agents secrets en mission, faussement décontractés. Le soir même, à table, je suis rassuré. Ils sont géographes, en route eux aussi vers le Pérou, pour la ville d'Arequipa, blottie au pied de trois volcans et surnommée la Ville Blanche, afin d'étudier la potentielle activité sismique de la région. Travaillant à l'université de Francfort, le couple de chercheurs a emmené dans ses bagages une assistante fraîchement embauchée, Anke. Elle parle le français comme seules savent le parler les allemandes blondes aux yeux clairs et sans être chercheur, j'ai soudain très envie de découvrir sa géographie.

***

Sans la certitude qui l'habite depuis son rendez-vous avec le vieil antiquaire de Kensington High Street, Jenny n'aurait jamais pris cet airbus qui la propulse vers les sommets acérés des Andes péruviennes. Mais le vieux a su être convaincant et derrière ses fines binocles, les yeux rieurs pétillent: Oui, il existe bien une cité perdue gorgée d'or. De cet or qui devait servir à payer la rançon de l'empereur Inca Atahualpa prisonnier de Pizarre, soit dix-mille lamas chargés du métal précieux recueilli dans tout l'empire. Mais les guerriers chargés du transport avaient appris la mort de leur empereur exécuté par les Espagnols. Ils décidèrent donc de cacher ce trésor. Personne ne sut où. Telle était la légende. Mandatée par son journal pour un article sur les cités perdues, Jenny est arrivée au vieux bonhomme suite à ses recherches à la bibliothèque centrale. Elle a déniché son nom dans un exemplaire du Sun datant des années soixante-dix. A l'époque, le jeune antiquaire avait fait sensation en exposant dans sa boutique un masque en or pur qui, disait-il, venait d'être retrouvé sur les hauts plateaux du Pérou, non loin du lac Titicaca. Par qui, il refusait de le dire, prétendant ne pas pouvoir divulguer un secret pouvant se révéler dangereux. Le lendemain de la parution de l'article du Sun, son magasin avait d'ailleurs été cambriolé et le masque emporté. La police avait longtemps enquêté, persuadée d'un coup monté de l'antiquaire pour une fraude à l'assurance. En vain. On n'avait rien trouvé de suspect et l'homme avait empoché un coquet paquet d'argent de sa compagnie. Depuis, il n'avait plus fait parler de lui. Jenny pose ses coudes sur le bureau

marqueté et croise ses mains sur lesquelles elle laisse reposer son menton. Elle sait par expérience que peu d'hommes résistent à son sourire quand elle est décidée à tirer quelque chose d'eux.
- *Monsieur Coleman, racontez-moi cette histoire depuis le début, je vous en prie.*
- *Vous savez petite mademoiselle, à mon âge on n'est moins sensible au charme des jolies jeunes femmes comme vous...*
- *J'ai besoin d'avoir des renseignements précis pour écrire mon article. Vous savez, mon rédacteur en chef n'a pas beaucoup d'humour et lui non plus n'est pas sensible au charme des jolies femmes.*
- *Allons, allons, je suis sûr qu'il est amoureux fou de vous et qu'il s'en cache !*
- *Hélas non, Monsieur Coleman. Je crois simplement que les femmes ne l'intéressent pas...*
- *Un rédacteur en chef homosexuel alors ?*
-*Je n'ai pas dit cela. Je crois même qu'il est plus puritain que la reine Victoria elle-même !*
- *Impossible, çà. Non complètement impossible !*
Les deux partent d'un fou rire sincère et

complice.

- Vous êtes très forte mademoiselle. Vous m'avez fait rire de bon cœur et il y a bien longtemps que je n'ai pas eu ce plaisir. C'est d'accord, je vais vous raconter ce que je sais de ce fameux masque d'or. Mais je vous préviens que j'en aurai pour longtemps et qu'il est fort probable que vous ne me preniez pour un fou...

***

Les odeurs comptent beaucoup dans ma vie. Particulièrement celle du bois qu'on coupe. A chaque abattage d'un arbre ou sciage des grumes, j'ai l'impression d'une explosion, çà gicle d'effluves et de sève. Les essences utilisées dans cette scierie où je travaille proviennent de la montagne, cèdre, noyer, caroubier ou jacaronda. Mon patron, Luis, m'a embauché quelques jours après mon débarquement à Callao, le port de Lima. Je tentais alors de pénétrer à l'intérieur du pays et c'est lui qui a stoppé son vieux Pajero pour me prendre à bord. La veille, en voulant retirer un billet de bus pour Cusco, une ville proche de Machu Picchu, je me suis rendu compte au moment de payer que l'on m'avait volé pratiquement tout l'argent de mon voyage. Il me restait quelques dizaines de soles, la monnaie locale, et à peine cent dollars. Luis a vite compris le problème, il parlait le français comme je parle espagnol, à nous deux une vingtaine de mots. Mais les gestes, les regards et cette onde qui naît quand on se rencontre vraiment, ont fait qu'au bout de vingt minutes, il m'invitait à venir travailler dans sa scierie, à quelques kilomètres de Huanuco. Le temps de me refaire un pécule et de manger normalement. J'ai accepté. En arrivant, j'ai eu droit à un plat local, le tacu tacu, un mélange de haricots et de riz frit servi avec des oeufs. Roboratif. Luis m'a logé dans une des cabanes en bois qui courent le long du bâtiment principal de la scierie. Ici pas de climatisation mais un accueil plein d'humanité. Il m'a fait comprendre de me reposer et que le lendemain il m'expliquerait le travail. La couverture de laine de lama, souple et légère, s'est révélée parfaite, la température nocturne dégringolant brutalement. Vers cinq heures du matin, le son d'une cloche me réveille. Ici, avec la chaleur du jour, on commence tôt. Un café corsé achève de me réveiller pendant que je croque quelques galettes de maïs. Luis arrive, discutant avec un homme d'une trentaine d'années. Celui-ci me sourit:

-*Salut. Je m'appelle Harvey et Luis m'a demandé de te montrer le travail. On y va si t'es prêt.*

-*Salut. Mon nom, c'est Sosthène. Je sais, c'est ringard mais dans ma famille, ils voulaient honorer les ancêtres...non, ne rigole pas...tu peux m'appeler So, je préfère et c'est plus court.*

-*Ok, So comme tu veux.*

-*Merci. Mais t'es français aussi?*

-*Non, Irlandais. T'entends pas mon accent ? Ma mère était française.*

-*De quel endroit en France ?*

-*Du sud, un village du côté d'Avignon. Lors d'un festival, elle a rencontré un acteur qui détestait Sheakspeare en particulier et les anglais en général. Le coup de foudre. Ils sont repartis ensemble vivre dans le Connemara.*

-*Belle histoire !*

-*Ouais. Bon, on va faire le tour de la scierie. Pour commencer, il faut que tu comprennes l'organisation. Les grumes arrivent par camion le lundi et sont stockées dans le parc à grumes, là-bas au fond, derrière le hangar en tôle. C'est là que sont installées les lignes de sciage. Quand on a fini de scier, on entrepose les planches sous l'espèce de préau dans l'enfilade du hangar. Avec les tapis roulants, pas de perte de temps et puis c'est plus facile que de les porter. Le vendredi, d'autres camions viennent les chercher. Et çà recommence toutes les semaines. Au début, ton boulot, ce sera d'écorcer les arbres avec cet engin là.*

Il me montre un écorcoir avec une lame à trois tranchants et un manche robuste en bois rouge.

- Fais gaffe, surtout aux pieds, çà tranche vraiment. Je te montrerai la bonne position pour écorcer. Dans le coin, les vieux écorceurs on les reconnaît facilement: il leur manque tous deux ou trois doigts de pied. Tu verras Ricardo tout à l'heure. Au pied gauche, il chausse du trente-cinq !

Il termina sa phrase par un rire sonore et bon enfant.

- Toujours à te marrer, toi. Fais donc les présentations.

L'arrivant a visiblement le même âge qu'Harvey, plus grand et plus mince. Un visage grêlé de taches de rousseur et une énorme tignasse dorée. Il dégage beaucoup de douceur et en même temps une énergie considérable.
-So, je te présente Lény. Il parle aussi le français, c'est moi qui lui ai appris. On est amis depuis la naissance. Peut-être même avant...Lény, voilà So qui arrive de France.
-Ouah ! La France. Bien çà. Et qu'est-ce qui t'amène ici ?
-Des photos. Je veux prendre Machu Picchu sous tous les angles. Un vieux rêve. En plus, si je peux vendre quelques clichés en rentrant...
-Et ici, à la scierie ?
-On m'a volé presque tout mon argent à Lima. Je sais pas qui, ni où, ni vraiment quand.
-Les petits voleurs de Lima sont des artistes. Mais dis-toi que t'as nourri une famille pour trois semaines. Après tout, c'est pas mal non ?
-Vu comme çà, je me console un peu.
Lény avait raison. Mon argent faisait des heureux et moi j'avais de nouveaux amis, un

travail et d'ici quelques temps, je pourrai repartir. La vie prenait un tour pas désagréable du tout et me rappelait qu'on décidait rarement des choses. Mieux valait accepter pour bien vivre.

**

Je m'étonne moi-même. Déjà deux mois que je travaille ici. Lény, Harvey et moi, on est vite devenus inséparables. Ces deux là ont décidé un jour de parcourir le monde pour voir ce qui s'y passait. La vie aseptisée qui leur était promise après leurs diplômes d'ingénieurs leur a fait peur. Ils sont partis, un sac sur l'épaule et du tabac dans la poche, libres de toute entrave, sachant bien qu'ils reviendraient chez eux s'installer sous le ciel mauve d'Irlande. Nos journées sont simples, rythmées par les bières, le travail dans la scierie et nos balades au lac, au nord de la ville. On aime bien ce lac, eux parce qu'il leur rappelle les lacs glacés de la région de Galway, moi parce qu'Anita et Maricielo viennent s'y baigner simplement vêtues de leur peau dorée. J'apprends doucement le quechua entre baignades et éclats de rire, les deux filles se régalant de mon accent pour le

moins bizarre. La vie coule sans soucis, égrenant nos instants avec paresse. De temps en temps, on s'offre une sortie dans une boîte tenue par un type peu causant mais sympa. Il oublie souvent de nous faire payer nos bouteilles et vient s'asseoir sans rien dire à notre table. On sait peu de choses de lui sinon qu'il se fait appeler Le Condor. Sûrement qu'il aime les oiseaux, les gros. Derrière le comptoir, une grande affiche rouge et noire affirme que le peuple uni ne sera jamais vaincu. Au dessus un portrait de Che Guevarra pose sur la salle un air dubitatif. Ce soir là, Harvey, l'œil morose et la voix dure, apostrophe Le Condor.
– *C'est quoi cette connerie de peuple uni ?*
Les yeux du volatile se figent.
– *Tu parles pas comme çà...*
– *Je parle comme je veux. Les seuls peuples unis que je connais sont unis par des conneries, encore des conneries, la télé, les matchs, la bagnole. Des fois, c'est l'église. C'est pour çà qu'ils sont vaincus d'avance, et c'est bien fait pour leur gueule de soumis et de traîne-misère !*
La claque touche Harvey alors qu'il porte le goulot à ses lèvres. Sur la table, la mousse

blanche gicle, teintée du sang de sa lèvre fendue. Le Condor baisse la tête:

– *Désolé, c'est parti plus vite que je ne voulais...désolé....*

– *Non, c'est moi qui suis nerveux. Je dis n'importe quoi...c'est la bière qui est trop forte. C'est à moi de m'excuser, Condor.*

– *OK, c'est tout bon. On a besoin de se changer les idées les gars. Samedi je vous emmène dans un endroit dont vous me direz des nouvelles. Vous ne vous occupez de rien, je me charge des bières et des steaks. On fera un feu, on mangera, on ne dira rien, on sera bien...*

On s'est tous détendu à l'idée du pique-nique et la soirée s'est écoulée tranquille. Mais dans un coin de ma tête, une lumière rouge s'est mise à clignoter. Drôle de type quand même ce Condor

***

A cet endroit, la terre s'écaille, comme morte. Les vieux du coin racontent qu'une malédiction recouvre ces quelques hectares, qu'à une époque oubliée de tous, des conquistadores avaient massacré là tout un

clan de pêcheurs du lac. Personne n'y croit, sauf peut-être Le Condor. Le contraste entre les deux côtés de la piste, saisissant, partage la partie gauche verdoyante de la droite, grise et aride. On prend à droite. Le Condor conduit d'une main, à faible allure, ce qui n'empêche pas les ressorts usés du minibus de nous torturer les vertèbres. Il tend l'autre main vers un monticule rocheux qui s'arrondit vers le ciel, un kilomètre plus loin.
- *C'est là qu'on va. Le bois est sec, le rocher plat. Un brasero parfait pour la viande.*
Personne ne répond mais on salive tous d'avance, à jeûn depuis le matin et cinq heures qui pointe au soleil déclinant. Le bus garé en contrebas du rocher, un seul voyage nous suffit pour monter les provisions. Heureusement car çà grimpe dur pour arriver là-haut. Leny et Harvey s'éloignent pour ramasser du bois pendant que Le Condor sort les bouteilles de la glacière. Le bruit salutaire de la capsule qui cède me tire un sourire seulement interrompu par le goulot froid sur mes lèvres. Après toute cette sécheresse, les bulles mousseuses me font reconsidérer le monde avec la bienveillance

de celui qui n'a plus soif. A distance, Le Condor se marre:
- *Un des plus simples et des plus grands plaisirs de l'univers connu...apaiser sa soif avec une bière fraîche...à la tienne mon ami !*
Je lui rends la pareille en tendant ma canette vers lui:
- *A la tienne Condor !*
Nos deux amis reviennent avec les bras chargés de branches craquantes. Quelques minutes plus tard, les flammes du feu les engloutissent pour ne laisser qu'un épais tapis de braises rouges aptes à griller un éléphant adulte. Le Condor installe une grille sur pied au-dessus des braises, il l'a soudée lui-même à partir de la calandre d'un vieux roadster anglais. Elégant et efficace. Les tranches de bœuf grésillent sur le métal brûlant. A quatre dans ce coin perdu, on se sent les rois du monde. Nos silences remplissent le temps, assis sous les étoiles à compter leurs lumières. Après un repas simple et succulent, on laisse aller nos songes dans l'air du soir, espérant peut-être qu'ils rencontrent d'autres songes. Ces silences, ni lourds ni pénibles, ne gênent

personne car on sait tout de ces paroles cachées.

***

Le bus jaune qui l'a larguée devant la gare routière se souvient de son regard si vert qu'on peut y voir son âme. Un gros sac posé sur le macadam, elle attend qu'on vienne la chercher, une infinie mélancolie dans son silence. Un vieux break s'arrête en hésitant et la portière s'ouvre où elle s'engouffre. La Volvo s'ébroue et je la vois disparaître au coin de la rue. Je n'ai pas fini mon verre. Calé au soleil sur la terrasse du café, je sais déjà que son arrivée va bouleverser nos vies. Rien qu'à voir le regard d'Harvey, bouleversé par la jeune femme et qui laisse tomber:
- « *Elle a collé son ombre sur les murs, et j'aime déjà cette ombre* ».
Il a dit ça d'un air tragique, pressentant l'inéluctable cassure que cette apparition va causer en lui. Et entre nous. Je repense à l'éclat brûlant qui m'a vrillé le ventre. Harvey me fixe, une lueur noire dans les yeux.
- *Et les gars ? C'est fini...on se calme...*

C'est Lény, ses mains posées sur nos épaules, et qui sent bien qu'un truc mauvais nous arrive. On a repris une bière. Le dimanche a traîné sa lourdeur et on est rentré sans rien se dire à la scierie. Luis nous attendait avec quelques amis débarqués de Lima. Le pisco coulait à flot et les pupilles dilatées des invités n'étaient pas dues qu'à la tombée de la nuit. On s'est assis entre un grand costaud vendeur de vaches et une femme sans âge qui se disait médium. Elle s'est tournée vers moi et m'a tendu un verre en souriant. C'est à ce moment qu'elle est arrivée, sortant de la maison de Luis accompagné d'un type en costume noir. Harvey l'a vue en même temps que moi. Pour nous plus rien n'existait à cette seconde et mon verre de pisco s'est répandu sur la table. La fille du bus jaune. Ma voisine médium m'a regardé en coin, un sourire mi-complice mi-salace aux lèvres:
-Elle te plaît, hein ? Son nom, c'est Jenny.
Je lui ai dit merci dans un souffle.

Un jour, le lac

Chapitre 2

Sur l'écran du monitoring, les pulsations cardiaques chutent dangereusement. La tension baisse, elle effleure le chiffre sept puis remonte doucement. Sa respiration sifflante est la seule chose qu'il entende vraiment. Il est déjà loin, parti pour des rivages dont personne n'a pu décrire les contours. Dernier voyage. Sa main serre un étrange objet de métal terni par les années, d'où pend, entre les jointures des doigts blancs, un ruban fatigué. Sa croix de fer. Gagnée à Stalingrad. Le froid, le sang des camarades, l'âpreté des combats. Son souffle est court mais ses visions d'une netteté ahurissante. Le char approche. Couché sur la terre gelée, il respire l'odeur d'huile des chenilles qui le frôlent. D'un bond, il saute sur la bête d'acier blindée et lance sa grenade dans l'évent ouvert. Il roule en arrière, chutant lourdement sur la neige et se protège la tête et les oreilles de l'explosion qui immobilise le monstre dix mètres plus loin. La tourelle couine et de la porte ronde il voit s'extraire un visage grimaçant de

douleur. L'homme n'a pas vingt ans et il le fixe, comme étourdi par le sang qui ruisselle de ses narines. Karl se précipite, son Mauser en mains pointé sur les yeux bleus qui le supplient. La détonation sourde tapisse l'intérieur de la porte d'un magma d'os et de chair. Froidement, il lâche une seconde grenade dans l'habitacle et se rue sauvagement sur le sol. La bête est morte, ses occupants aussi. Depuis le matin, Karl a ainsi détruit cinq autres chars russes et leurs équipages. Il hurle sa soif de mort dans l'air glacé de la ville en ruine et court rejoindre sa section, tapie entre les murs déchiquetés d'une église. L'officier SS le dévisage presque avec envie:
- *Soldat Schliefen, ton courage est un hommage à notre führer. Tu mérites bien de l'Allemagne. Sois certain que le Reich t'en sera reconnaissant !*
Karl baisse les yeux, savourant ce moment de fierté indicible. Depuis le début de la campagne, il a fait preuve d'une énergie et d'une cruauté qui ont impressionné ses compagnons d'armes, comme lors de ce jour récent où il abattu cette famille de paysans retrouvée cachée dans une cave. Avec

méthode, il a tiré sur chaque membre, d'abord les deux enfants puis la mère et enfin le père. Entre chaque exécution, il a laissé le temps au suivant de voir la mort arriver, les regardant dans un silence absolu. Effaçant radicalement leur vie sans se soucier de leur terreur et sans entendre les cris et les supplications. Karl Schliefen, mécanique parfaite de la Wafen SS. Engagé dès 1941 dans la division Totenkopf, il se souvient de l'ordre qui lui fut donné de repartir pour Berlin alors que sa division tentait vainement de dégager Stalingrad de l'encerclement. Le führer en personne voulait le rencontrer pour lui remettre la croix de fer, l'insigne ultime prouvant son courage au combat. Par le hublot du Junkers JU 290, il ne peut que constater à quel point l'immensité désolée de la ville le remplit de doutes. A terre, on ne peut se rendre compte. Vu d'en haut, Stalingrad ressemble à un piège mortel dans lequel, il le sent, ses camarades vont mourir. Partagé entre la honte de quitter le champ de bataille et l'honneur que lui fait son dieu vivant, il laisse couler une larme qui s'imprime furtivement sur le verre du hublot, une seconde avant que sa main ne l'essuie d'un geste sec. Un soldat de la Waffen-SS ne pleure pas.

***

J'ai retrouvé Jenny. A la fin de la soirée chez Luis, elle est repartie avec l' homme en noir. Sur la voiture qui les emmenait, on pouvait lire l'adresse du journal local qui la recevait. Très tôt le lendemain, j'ai demandé à Luis de me prêter son vieux Mitsubishi et je suis parti à Huanuco. Je n'ai rien dit à Harvey ni à Lény. L'agence de presse, en plein centre, ne payait pas de mine. Sur la vitrine, on pouvait lire les infos du coin, collées à la va-vite. Les feuilles de une des journaux, les résultats des matchs et les annonces de mariages cohabitaient avec de grandes publicités pour les restaurants. Bloqué par la porte fermée à clef, je cogne sur la vitre, sans me rendre compte qu'il n'est pas encore sept heures. Le fragile carreau est sur le point d'exploser quand dans la pénombre de la boutique apparaît une jeune femme. A ma grande surprise, je reconnais Maricielo, l'air furax et mal réveillée. En me voyant, un

grand sourire éclaire son visage:
- *So, que fais-tu ici ? Tu m'as réveillée !*
- *Maricielo ? Tu habites ici ?*
- *Oui, et j'y travaille aussi. Je classe, je range, je nettoie...*
Grâce aux quelques rudiments de quechua qu'elle et Anita m'ont appris au lac, je lui explique que je cherche la journaliste anglaise que le journal vient d'accueillir. D'un air jaloux, elle me dit qu'elle n'est pas au courant.
-*Tu es amoureux d'elle ?*
Je lui jure sur la tête de tous les saints péruviens et d'ailleurs que non, je ne suis pas amoureux d'elle, que je dois simplement lui parler de mes futures photos de Machu Picchu, que c'est important, et que oui, elle Maricielo est vraiment beaucoup plus jolie que cette anglaise un peu maigre...
-*Je crois qu'elle a laissé le numéro de téléphone de l'hôtel où elle loge. Là, sur le bureau de Saul, le rédacteur en chef.*
Elle me tend le post-it avec une moue enfantine.
- *Tu dois payer pour çà...*dit-elle en reculant brusquement la main qui tenait le papier.
J'avance avec un sourire honteusement

charmeur, et saisissant délicatement le numéro, je l'embrasse. Ses lèvres sont chaudes, mais ma tête est ailleurs...
-*Tu est vraiment délicieuse, Maricielo. A Bientôt.*
Et je m'enfuis du magasin à toutes jambes, baissant machinalement la tête quand j'entends le fracas du verre brisée de la porte qui claque sous une bordée d'injures...

***

La présence parfumée lui fait tourner la tête vers l'inconnue. Non, ce n'est pas l'infirmière habituelle, beaucoup plus laide et d'une odeur moins agréable. Cette jeune femme là est d'une beauté de Walkyrie, elle dégage une force qu'on sent implacable. Elle s'assoit avec souplesse sur le bord du lit médicalisé et se penche vers Karl:
-*Karl Schliefen, je suis venue te voir au nom du grand reich...Je suis venue te voir pour qu'avant de mourir, tu me parles de l'expédition à laquelle tu participas en 1942...Cette expédition secrète en Amérique du sud...*
Il ferme les yeux. Il vient de tout

comprendre. Est-ce possible après tout ce temps ? Dans un sursaut de vie, Karl commence son récit, la voix faible, cherchant son souffle à chaque mot. A son retour de Stalingrad, le führer l'avait effectivement reçu et décoré mais ce ne n'était pas tout. Identifié comme un soldat d'élite, il avait été intégré dans un groupe spécial composé de deux sections de vingt-cinq hommes chacune et envoyé en secret au nord-ouest du Brésil, près de la frontière péruvienne. Le voyage avait commencé à bord de deux sous-marins qui les avaient déposés sur la côte brésilienne. De là, un gros porteur les avaient largués en parachute au dessus de la selva amazonienne. Il avait eu de la chance, il ne s'était pas perdu dans la jungle comme nombre de ses compagnons. Leur chef de groupe, un officier borgne, les avaient rassemblés pour leur définir la mission: à l'entendre, le führer souhaitait qu'ils retrouvent une cité perdue, lieu probable d'un trésor fabuleux composé de tonnes d'or, mais aussi et surtout lieu dépositaire de la haute magie Inca. Il avait ajouté que le führer exigeait qu'ils réussissent ou qu'ils meurent. Le groupe vécut plusieurs mois dans la jungle et arriva dans le secteur qui devait probablement receler la cité. Leurs recherches s'éternisaient, le territoire à explorer, difficilement praticable, s'étendait sur des centaines de kilomètres carrés. Jusqu'à ce soir de septembre 1942 où ils capturèrent deux indiens de la forêt. Bien sûr, ils ne parlaient pas l'allemand. L'un des soldats qui maîtrisait plusieurs langues, essaya l'espagnol, sans succès, puis le quechua sans plus de résultats. Alors le chef de groupe sortit d'une sacoche de cuir des gravures représentant une ville aux murs énormes, couleur d'or. Instantanément, l'un des Indiens se leva brusquement pour s'enfuir. La balle du lüger de l'officier le stoppa dans son élan en lui brisant la jambe. Deux des SS le traînèrent devant le chef. L'homme fit un signe de tête qui signifiait clairement qu'il ne voulait rien dire. Le borgne dégaina son poignard de combat et planta la lame effilée dans le cœur de l'Indien qui mourut dans un soubresaut. Arrachant l'arme de la poitrine du mort, l'officier la pointa sur la gorge du second indigène. Terrifié, il articula quelques mots dans un dialecte

inconnu et tendit la main en direction du sud. On le releva et on lui entrava les mains, l'autre bout de la corde tenue solidement par l'un des militaires. Toute la troupe se mit en marche dans la direction indiquée, chaque pas dans cette végétation inextricable nécessitant un effort énorme. Toutes les heures, le chef regardait l'Indien en lui montrant la direction qu'il avait donnée et l'homme confirmait d'un mouvement de tête. La marche reprenait dans la moiteur chaude de la forêt, rendue encore plus ardue par les attaques de moustiques voraces. Il leur fallut dix heures pour atteindre la limite de la forêt et découvrir des murailles millénaires dont chaque pierre était renforcée par un arceau de fer. Une forteresse perdue au milieu du monde végétal. Aucun signe de vie humaine, un étrange silence planait sur la construction comme si l'univers retenait tout mouvement ...L'officier appela Karl:
- *Débarrasse-nous de cet Indien, il n'a plus aucune utilité pour nous. Fais-vite.*
- *A vos ordres Sturmbannführer !*
Karl revoit le visage de l'homme quand il se saisit de la corde pour l'emmener vers la lisière de la selva. Il avait compris que

c'était fini pour lui, qu'il allait mourir. Un étrange chant sortit de ses lèvres et il lui fit face quand Karl pressa sur la détente de son fusil, toute peur semblant s'être envolée. Sans aucune émotion, Karl avait repris la corde et rejoint la troupe qui pénétra dans la cité par une porte de dimension colossale. L'idée le frôla alors que la cité les attendait, qu'elle les attendait depuis un lointain passé et qu'elle ne les laisserait pas repartir. Il chassa ce pressentiment en allumant une cigarette. Tout autour, les rues présentaient une rectitude de ville moderne, se coupant à angles droits et dotées de trottoirs surélevés par rapport à la chaussée. Une pyramide à degrés occupait le centre d'une place aux dimensions du stade de football de sa ville natale, en Bavière. Les hommes se taisaient, impressionnés par le monument. Le sturmbannfürher brisa le silence d'un ordre sec:
- *La première section se déploie autour bâtiment. La deuxième section avec moi !*
Et il se dirigea vers ce qui semblait être une entrée, de forme triangulaire et permettant le passage d'un homme debout. Les soldats disparurent à l'intérieur de la pyramide

pendant que la section de Karl se positionnait à l'extérieur. Ils attendirent le retour de leurs compagnons toute la nuit et au petit matin, décidèrent d'envoyer la moitié des soldats restants à leur recherche. Le chef de la deuxième section, le feldwebel Steiner confia à Karl le commandement des douze hommes qui demeuraient là.

-Si nous ne sommes pas revenus ce soir, tu fais demi-tour pour informer le reich de l'existence de cette cité. Nos frères reviendront plus nombreux et mieux armés. C'est un ordre !

Karl n'aimait pas laisser des camarades de combat en situation périlleuse mais il devait obéir. L'importance de la découverte valait plus que leurs vies.

- Très bien, feldwebel Steiner, je respecterai strictement vos ordres !

A la tombée de la nuit, ils durent se rendre à l'évidence, personne n'était rentré. Karl organisa le bivouac:

-Franz, tu prends le premier tour de garde. Otto et Gerhard les suivants. Chaque homme reste en tenue, arme à portée de main.

Une aube paisible poussa l'obscurité vers

l'oubli. A regret, Karl donna l'ordre du départ et bientôt la colonne pénétra dans le sous-bois puis au cœur de la forêt. Vers midi, on s'arrêta pour manger et se reposer. La première flèche transperça la gorge du mitrailleur Grüber alors qu'il s'apprêtait à boire à sa gourde. En vingt secondes, une myriade de pointes empoisonnées jaillirent des arbres, blessant à mort tous les hommes du groupe. Karl, hébété, restait debout, indemne. Il tirait dans tous les sens, au hasard, ne sachant sur quelle cible invisible pointer son arme. Son chargeur vidé, il allait réarmer lorsqu'il sentit une présence derrière lui. Se retournant, il se trouva face à face avec un guerrier d'une stature imposante dont l'arc tendu visait sa poitrine. Il pensa que l'heure était venue pour lui de mourir et il poussa fermement le chargeur, bien décidé à finir en héros du reich. Sa dernière pensée avant qu'une massue d'or ne l'assomme dans un choc mat, lancée par un Indien de haute taille, au masque de métal jaune surmonté d'un plumet bleu et rouge. On le tira de sa nuit en l'aspergeant d'une eau fraîche qui lui fit du bien. Il s'aperçut alors qu'il était attaché à un poteau bariolé, face à la

pyramide qu'ils avaient quittée le matin même. L'homme au masque s'approcha:
-*Je parle ta langue et d'autres encore. Je t'ai laissé la vie pour que tu témoignes auprès de ton peuple, de ton armée et de ton chef. Aussi nombreux soient-ils, les soldats de ton pays ne pourront vaincre notre magie. Dis le bien à celui qui dirige, contre l'esprit et la science de nos ancêtres, il restera impuissant. Sache que tous tes compagnons ont péri dans la pyramide et dans la forêt, toi seul a survécu. Je vais te marquer du sceau de ma cité pour que tu n'oublies jamais et nous te libérerons loin d'ici. Ce fer rouge marquera ta chair et ta mémoire et ce poison sur cette griffe de jaguar t'emmènera très loin dans le sommeil...*

Karl s'évanouit sous la douleur et l'odeur de chair brûlée. Il ne se réveilla que le surlendemain, dans un village de pêcheurs des bords de l'Amazone, l'esprit engourdi et pour la première fois une peur sans fond dans les entrailles.

Karl cesse soudain de parler et fixe la femme blonde:
- *Mais qui-êtes-vous ?*
-*On m'appelle Anke. J'appartiens à une*

organisation secrète, l'Ordre du Quatrième Reich. Je fais partie de ceux qui vont continuer ce que toi et tes camarades avez commencé, Karl. C'est pour cela que je veux tout savoir. Tout savoir sur l'or et sur les puissances occultes de cette cité.
- Je vous ai tout dit, Anke. Je ne sais rien de plus...
- Alors, je te quitte Karl. Mais tu comprendras que ma visite ne doit être connue de personne. Je regrette, Karl, mais je ne dois laisser aucun témoin derrière moi...
Lorsque Anke ferme le robinet d'oxygène, les yeux de Karl s'embrument, puis il suffoque un instant et glisse dans le noir total. Anke rouvre alors le robinet, ne laissant qu'un mort de vieillesse.

***

Le maître d'hôtel manipule la bouteille avec le respect dû au Saint-Suaire. *On dirait un fantôme, ce type,* se dit Jenny en admirant néanmoins la dextérité avec laquelle il fait couler le rubis foncé dans leurs verres. Coleman la tire de ses pensées:

- *Non, Jenny, ce n'est pas un fantôme...juste un professionnel de grande classe qui verse un vin de grande classe dans le verre d'une dame de grande classe.*
Elle rougit du compliment.
- *Vous êtes surprenant Monsieur Coleman. Comment avez-vous deviné que...*
- *Rassurez-vous Jenny, je ne cherche aucunement à vous séduire. J'aime simplement beaucoup capter les pensées des jolies femmes. Et puis, ce Petrus 1961 mérite toute l'attention du monde. Verser puis déguster ce vin n'est pas un acte banal, c'est un rituel précieux qu'il ne faut pas gâcher.*
- *Je n'ai pas l'intention de gâcher ce moment. J'ai même très envie de vous en remercier.*
- *Vous savez Jenny, à mon âge les rituels sont aussi précieux que les conventions sont ridicules...Buvez et savourez. Quand vous serez prête à entendre l'histoire de ce masque, je vous la conterai. Mais surtout, ne brusquez rien, nous avons tout notre temps. Voyez cette robe, presque noire. Elle porte en elle toute une éternité. On n'oublie jamais les arômes et les goûts d'un Petrus,*

on souffre seulement de n'en boire que rarement...

Jenny hume, respire, sourit. Ses lèvres frôlent la surface, un frisson la parcourt, elle ose une gorgée. Elle n'a encore jamais rencontré, vécu, ces arômes complexes de fruits rouges et de truffe, cette subtilité forte et fine, ce ravissement des papilles qui n'appartiennent qu'à ce vin, rare et puissant élixir.

- Monsieur Coleman, je ne peux dire qu'une chose, et cela me gêne presque...
- Dites, n'hésitez pas, laissez-parler vos sensations.
- Monsieur Coleman, je crois que je suis comblée...
- Admirable. Et juste. Vous êtes véritablement une femme exceptionnelle, Jenny. Quel meilleur adjectif, en effet, que « comblée ». Boire ce vin procure un véritable orgasme gustatif. Votre terme est donc infiniment juste. Maintenant que notre intimité est complète, Jenny, posez-moi toutes les questions relatives au masque d'or. Je vous répondrai sans détours.
- Avant toute chose, Monsieur Coleman, j'ai besoin de savoir si cette histoire de masque

ne vous a pas servi de support pour gagner de l'argent grâce à l'assurance ?
- Je vous donne ma parole que je n'ai jamais arnaqué mon assurance, puisque c'est de cela qu'il s'agit. On m'a bel et bien volé le masque. Je crois d'ailleurs savoir qui !
Jenny fixe longuement les yeux du vieil homme.
- Ok, Monsieur Coleman, je vous crois.
- J'en suis ravi. Sachez que vous serez et resterez l'unique personne à qui je vais faire ces révélations.
La journaliste sort un calepin et s'installe confortablement pour écrire. Elle se ravise.
- Je peux prendre des notes ?
- Oui, mais seulement si vous les détruisez après les avoir apprises...
- Confiance pour confiance, vous avez également ma parole.
Harry Coleman se cale dans son fauteuil en se caressant le menton. Quand il commence son récit d'une voix empreinte d'émotion, ses éternels yeux rieurs, en un instant sérieux, semblent plonger dans un passé tragique et lointain mais extraordinairement présent. Il parle près de trois heures,

égrenant dans ce salon cossu d'un restaurant chic du centre de Londres, une épopée qui glace Jenny.

**

On s'est fixé rendez-vous devant l'église San Sebastian sur le gazon d'une plazza qu'un énorme lion en bronze semble vouloir brouter. L'idée d'un lion végétarien me fait sourire. Non, c'est l'idée de revoir Jenny. Il faut que je m'avoue que je suis en train de tomber amoureux de cette fille que j'ai à peine côtoyée. Est-ce l'air des montagnes qui me transporte, léger que je suis à l'intérieur ? Jenny n'a pas eu l'air étonné que je l'appelle. J'ai eu le sentiment qu'elle trouvait cela normal, comme une sorte d'évidence tapie dans l'ombre de nos vies et à laquelle on ne peut échapper. Huit heures, elle ne va pas tarder. A cette heure encore fraîche, la rue déserte se remplit d'un soleil neuf, pas encore très chaud mais d'une luminosité aveuglante. Voilà, je l'aperçois, habillée à la va-vite d'un jean bleu et d'un poncho coloré. Elle a même un petit bonnet péruvien sur la tête. Bon sang, qu'elle est belle ! Je me retiens de courir vers elle mais j'allonge le pas, pressé de la rejoindre. Encore deux cent mètres et qui sait, peut-être pourrais-je la prendre dans mes bras sans qu'elle en soit choquée. Le gros 4x4 Chevrolet qui la dépasse au ralenti freine brutalement et laisse sortir deux hommes encagoulés qui se précipitent sur elle et l'entraînent de force dans le véhicule qui démarre en trombe. La scène a duré dix secondes. D'abord pétrifié, je me rue vers les ravisseurs, je n'ai jamais couru aussi vite. En vain, on ne lutte pas contre un huit cylindres en pleine accélération. Je les vois s'éloigner quand je réalise que je suis venu à Huanuco avec l'antiquité de Luis, garée plus haut près de l'église. Nouveau sprint vers la voiture et je démarre. Ils ont pris la direction du sud, vers Cusco, par la seule route digne de ce nom. J'appuie à fond sur l'accélérateur, pourvu que ce tacot tienne la distance. On vient d'enlever Jenny, la femme la plus précieuse de ma vie. Mais qui ON ?

Un jour, le lac

Chapitre 3

Francisco Pizarro Gonzales se relève en grimaçant, tant ses genoux lui font mal à force de prier sur les dalles de la chapelle. Trouvera-t-il enfin le repos de son âme ? Il en doute, même si tous ses actes lui furent dictés pour la gloire de dieu et de son Saint Empereur. Et pour la sienne aussi, pense-t-il dans un sourire amer. La veille, il a donné l'ordre de garrotter l'empereur Atahualpa dans sa cellule après l'avoir emprisonné par traîtrise lors de leur rencontre à Cajamarca. Son aventure a pourtant fort mal commencé; bloqué par l'hostilité des tribus environnantes avec ses quatre vingt hommes et son navire sur l'île Del Gallo, il doit attendre des renforts qui n'arriveront jamais. Il décide alors de partir avec quelques volontaires prêts à tout risquer pour les richesses du Pérou. Afin de les convaincre, Pizarre, de la pointe de sa rapière, trace une ligne sur le sol: ceux qui restent de son côté connaîtront la gloire et la fortune. Seule une douzaine d'hommes se range à son côté. Plusieurs mois passent avant que de nouveaux volontaires se déclarent. Commence alors ce qui deviendra la conquête de l'empire Inca, avec une première rencontre à Tumbes, un port dont les fortifications lui font comprendre l'inutilité d'une attaque, face à ce peuple organisé dont les nombreux guerriers semblent parfaitement aguerris aux arts du combat. Rentré en Espagne, il implore Charles Quint de lui confier la conquête du Pérou. A la cour, protégé par son aîné le grand Cortès alors au faîte de sa gloire, l'empereur lui accorde enfin le privilège de conquérir le Pérou. Accompagné de ses trois frères, c'est avec une véritable armée qu'il repart vers le Pérou. Outre trois caravelles, cent quatre-vingt hommes le suivent, ainsi que des chevaux. Quand il débarque, il profite d'une guerre entre les deux fils de l'empereur mort pour proposer à l'un d'eux, Atahualpa de le rencontrer. Faisant fi des traditions d'honneur qui veulent qu'une entrevue se passe sans armes, il massacre les suivants d'Atahualpa et l'emprisonne. Pour enfin décider de l'exécuter, malgré les premières tonnes d'or versées pour la rançon, le reste devant arriver de tout l'empire dans les semaines à venir. Pizarre n'est pas fier de lui, songeant à cette sorte d' admiration qu'il a conçue pour l'Inca. Mais son appétit de pouvoir est le plus fort et conquérir, ce qui compte le plus. Par tous les moyens.

***

La route s'enlace à la montagne en longeant des ravins qui donnent la nausée. Malgré ses quatre roues motrices, la voiture glisse dans les virages et j'ai l'impression de flotter sur l'asphalte qui date des années soixante, truffé de nids de poules et de pierres décrochées de la paroi rocheuse. Chaque kilomètre gagné est un nouveau miracle, sûrement dû à la vierge blanche en plastique collée sur le tableau de bord par Luis, pas très croyant mais pragmatique. J'aperçois l'arrière du Chevrolet juste avant qu'il n'entre dans un tunnel, deux cent mètres devant moi. Pour éviter qu'ils se sentent suivis, je décide de garder la même distance entre eux et moi, ne sachant toujours pas ce que je pourrai faire. Je ne suis pas armé et ils sont quatre, taillés comme des molosses. Le tunnel m'avale et j'ai tant de mal à m'habituer à l'obscurité que j'allume les phares, juste à temps pour freiner dans le hurlement des pneus malmenés. Je stoppe à moins d'un mètre du Chevrolet garé en travers de la chaussée. La portière s'ouvre sur un magnum dont le sourire mortel me fixe d'un air glacé. Une poigne vigoureuse m'arrache de mon siège et je me retrouve nez à nez avec l'un des géants. Le type enlève ses lunettes très lentement. Ma dernière vision avant de sombrer sous l'effet d'un violent coup à la nuque. Je me réveille dans ce qui me semble être une cave. Une faible lueur de jour filtre par un soupirail haut placé d'où proviennent des sons connus. Ce sont des voix. J'ai la tête plombée et je réalise seulement au bout de plusieurs minutes que les mots que j'entends sont en allemand. On m'a ligoté les mains derrière le dos mais j'ai les pieds libres de toute entrave et j'arrive à me relever. Mon local doit faire dans les quinze mètres carrés et j'en fait vite le tour. A part moi il est vide. Une vieille odeur de paille et de crottins mêlés m'indique que je dois être dans une bergerie ou un appentis ayant servi au parcage de brebis ou de moutons, peut-être l'antichambre de l'abattoir ? Je frémis. Ma seule consolation, l'idée que Jenny est proche, me redonne de l'énergie. Il faut sortir d'ici. Mais à part le soupirail, il n'y a aucune issue sauf la porte, massive et hermétiquement close. Je tends l'oreille; les discussions en allemand se poursuivent, je n'y comprends rien, ayant souvent préféré le café judicieusement posé en face du lycée aux cours du cerbère pro-germanique qui nous servait de professeur, la malheureuse -*c'était une femme*- ne provoquant chez moi qu'un intérêt limité. Dans la situation d'aujourd'hui, elle me paraît d'ailleurs presque sympathique, comparée à la brute qui m'a assommé. Le bruit d'un verrou qu'on tire et la porte s'entrouvre sur le faciès de mon agresseur. Redoutant un nouveau coup, je recule prudemment, mais l'autre me fait signe de le suivre. Je m'exécute, les yeux rivés sur le 357 qui m'invite à passer devant lui en m'indiquant le chemin, une sorte de patio dallé qui longe une bâtisse basse et blanche. Un second garde armé attend devant une porte-fenêtre ouverte et s'esquive pour me laisser entrer dans une pièce où sont assis plusieurs hommes et une femme. Stupéfait, je découvre que tous les hommes portent un uniforme et des bottes, un uniforme noir sur lequel brille une croix gammée brodée. Quand la jeune femme se retourne, éclatante de blondeur, je reconnais Anke.

***

Coleman cesse de parler et pousse un profond soupir.
- *Tout ce que je viens de vous dire est la stricte vérité, aussi incroyable que cela puisse paraître. Maintenant que vous savez tout, Jenny, il serait plus sage de brûler vos notes, d'oublier et de reprendre votre travail... J'ai moi-même décidé il y a longtemps maintenant d'enfouir tout cela... Si vous envisagez d'enquêter, sachez que les gens auxquels vous allez vous confronter ne pourront pas tolérer qu'une journaliste, aussi brillante et jolie soit-elle, puisse découvrir et mettre au grand jour ces secrets. Ce sont des criminels, des fous, des fanatiques...et j'en passe. J'ose ajouter que*

vous êtes la première personne à qui j'ai raconté cette histoire. Je suis donc coupable à leurs yeux et vous lancer dans cette aventure m'impliquera également. Je ne dis pas cela pour vous arrêter, simplement par honnêteté intellectuelle vis à vis de vous. Il s'agit là de vie et de mort.

Jenny avait blêmi. Elle tenait entre ses mains l'avenir de Coleman. Les révélations que celui-ci venaient de lui faire représentaient un article qui ferait date dans l'histoire de la presse et la propulseraient au firmament journalistique. Mais la menace qui pèserait sur leurs vies à tous deux était réelle. Avait-elle le droit de disposer ainsi de la vie du vieil homme ?

– *Je vois que çà s'agite douloureusement dans votre tête, Jenny. Laissez-moi vous aider.*

– *De quelle façon, Monsieur Coleman ? Tout cela est tellement soudain, tellement inattendu...tellement ahurissant !*

– *Cela fait beaucoup de « tellement »...Je vais vous aider en vous disant simplement « allez-y Jenny », enquêtez, faites éclater la vérité, ne vous préoccupez pas des conséquences, aussi graves puissent-elles*

être !
– Mais je vous mettrais en danger, comment pourrais-je assumer ce qui vous arrivera ?
– J'ai déjà beaucoup vécu et bien vécu. Mon seul regret dans cette vie a été d'être lâche et de n'avoir rien révélé de ce que je savais. On va dire que vous serez celle par qui arrive ma rédemption... Je ne vous autorise pas à mener vos investigations, Jenny. Je vous le demande.

***

En s'affaissant aux pieds d'Ollantay, le coureur tente de reprendre sa respiration après tous ces kilomètres parcourus à la vitesse du jaguar. Enfin, il relève la tête et parle au guerrier qui commande la caravane de lamas chargés d'or.
- Notre empereur est mort, assassiné par Pizarre...
A ces quelques mots, Ollantay ne cille pas. Il a appris à maîtriser ses sentiments comme il a appris à maîtriser la douleur des blessures infligées lors des combats.
- Pizarre sait-il que tu es parti nous

prévenir ?
-Non, dès que j'ai connu la nouvelle, je suis parti de la ville sans rien en dire à personne, la nuit a caché ma fuite. J'ai couru vingt jours de suite pour arriver à toi.
Ollantay sait quel immense effort il a dû fournir pour venir de Cajamarca en courant à longues foulées.
- Tu es un brave. Va et bois. Tu as bien mérité ton repos.
Le jeune homme part en titubant vers le groupe de femmes qui l'attend avec de l'eau et des fruits. Ainsi donc, l'espagnol n'a pas respecté sa parole de libérer Atahualpa contre le trésor sacré que des centaines de lamas portent depuis Cusco. Ollantay crache sur ce serpent venimeux de Pizarre, sentant monter en lui une envie sauvage de lui ouvrir la poitrine pour lui arracher le coeur. En tant que chef de la caravane, c'est à lui de décider de la suite des opérations et comme Pizarre ignore encore qu'il est au courant du meurtre de l'empereur, il a du temps devant lui. Une chose est sûre, il doit cacher l'or de l'empire, le mettre en sécurité. En assassinant Atahualpa, le conquistador a rompu le contrat d'échange et perdu la

fabuleuse richesse qu'Ollantay et ses hommes transportent. Avisant une pierre plate et sèche, il s'assoit et interpelle un guerrier:
- *Inti, va dire au grand prêtre sans nom de me rejoindre ici. Tu le trouveras à la fin de la caravane. Il ferme la marche afin de veiller sur notre route et empêcher les mauvais esprits de nous suivre. Va.*

Assurant sa masse d'arme sur l'épaule, le guerrier prend souplement sa course et remonte la file ininterrompue des bêtes bâtées et des guerriers qui les escortent. Une heure plus tard, il parvient devant un homme sans âge, habillé d'une toge aux tons ocres, le visage empreint d'une majesté froide. Le grand prêtre du soleil, le prêtre sans nom. Humblement, Inti se prosterne.

***

-Vraiment étrange de vous retrouver ici monsieur le photographe...à moins que ne soyez pas photographe ! Mais il est fort probable que vous nous le direz très vite...Mon ami Hans sait très bien faire parler ceux que nous considérons comme

nos ennemis. N'est-ce pas Hans ?
Le tueur à lunettes qui m'a amené ici sourit d'un air entendu vers Anke. Un sourire mauvais. Je déglutis péniblement ma salive qui me paraît d'une épaisseur boueuse. Je me lance:
-Ennemi ? Je ne crois pas être votre ennemi. Je ne vous connais pas. Je recherche simplement la femme que j'aime...
-Comme il est romantique ! Un amoureux inquiet pour sa belle. Ce n'est pas très original comme défense. Il va falloir trouver mieux, sinon Hans se fera un plaisir de vous casser les doigts, un par un...généralement, les plus muets parlent au troisième.
-Je vous assure que je suis bien photographe et que j'avais rendez-vous avec Jenny...et je l'ai vue se faire enlever par ces hommes. Je les ai suivis pour tenter de la sauver, mais j'ignore tout de vous, qui vous êtes et du pourquoi de son enlèvement.
Anke s'approche de moi avec une lenteur calculée, une moue dubitative aux lèvres.
-Dans ce cas, je crains fort qu'il ne faille vous éliminer, bel amoureux. Car votre dulcinée, elle, sait très bien qui nous sommes et ce que nous cherchons. Elle aussi

cherche la même chose que nous, et comme ses renseignements ont l'air précieux, je suis persuadée qu'elle va...coopérer. Car vous allez la retrouver dans quelques minutes et vous la convaincrez de tout nous dire sans avoir à la brutaliser un peu. Il serait dommage d'abîmer une si jolie personne. Si vous réussissez à la persuader, je vous laisse la vie sauve à tous les deux...Vous avez bien compris mon offre monsieur le photographe ? Je ne la réitérerai pas. Je vous laisse deux heures. Au delà de cette limite, Hans se chargera de vous et des mains de cette Jenny.

La voix glaciale de Anke me fait comprendre qu'elle ne plaisante pas.

-Très bien, je vais faire tout mon possible. J'ai votre parole de nous laisser partir?

-Sur la tête du führer !

Les cinq autres hommes en uniforme n'ont pas prononcé un mot. Sur un signe de tête, Anke ordonne à Hans de m'emmener. Le gorille m'agrippe le bras en serrant plus que de nécessaire, histoire de me convaincre de la puissance de ses muscles. Face à un tel monstre, je n'ai aucune chance, d'autant plus que le second garde nous précède, un

trousseau de clés à la main. Je me laisse donc entraîner à l'extérieur. Sur la patio, nous bifurquons à droite vers l'extrémité de la maison. Hans m'arrête sans ménagement devant une porte d'acier. Le garde a déjà fait jouer la serrure et je me sens poussé à l'intérieur par les grosses mains du cerbère. A la lueur d'une ampoule tremblotante, je découvre Jenny, allongée sur un sommier métallique, attachée et bâillonnée. Les poignets toujours entravés dans le dos, je me tourne et je réussis à baisser le bâillon de Jenny. Elle aspire une grande goulée d'air et et se met à parler:
-So, comment es-tu arrivé ici ? Il ne fallait pas, ce sont des fous, des meurtriers !
-Je vous ai suivis avec le 4x4 de Luis depuis Huanuco. Je ne pouvais pas te laisser enlever comme çà, sans rien faire.
Des larmes perlent aux coins de ses yeux si clairs. Sans réfléchir, je me penche vers elle et ma bouche trouve ses lèvres qui me répondent. Je n'ai jamais été aussi heureux. A deux heures à peine de ma mort...

***

Le Condor se racle la gorge avant de répéter

sa question au groupe de jeunes garçons qui paraissent excités au plus haut point.

-Vous dites que la femme a été enlevée par des hommes en noirs qui se sont enfuis dans un gros Chevrolet ?

-Oui m'sieur. Et un autre homme, un blanc a couru pour essayer de les rattraper, et après il a remonté la rue pour repartir dans sa voiture, une vieille...

- Ok, ok...dans quelle direction sont-ils partis ?

-Vers Cusco, m'sieur.

- Merci, petit...

Le billet tendu par Le Condor disparaît par enchantement dans les poches du gamin et le groupe se volatilise d'un coup dans la rue.

-Tu penses vraiment qu'on peut croire ces gamins ? Demande Harvey.

- T'as un autre choix ? rétorque Le Condor.

-Les gamins n'ont pas menti, tranche Lény. *Ici, il ne se passe jamais rien. T'as vu comme ils étaient excités. Je crois qu'on peut les croire. Mais je ne comprends pas pourquoi ces types ont enlevé Jenny.*

Les trois hommes s'étaient retrouvés au journal local vers dix heures, prévenus par Maricielo. Jalouse, elle avait suivi So pour espionner ses relations avec Jenny, et pourquoi pas lui arracher les yeux. Impuissante et paniquée, elle avait assisté à l'enlèvement et au début de la course poursuite, non loin d'un groupe de jeunes garçons qui la reluquaient de façon torride. Elle avait appelé Le Condor aussitôt et celui-ci était arrivé très vite, accompagné de Lény et d'Harvey.

-Bon, on fait le point. La fille est enlevée sous les yeux de So qui poursuit les ravisseurs. Cà fait à peine trois heures. Ils ont eu le temps de faire au moins cent cinquante kilomètres sur ces routes pourries. Ils sont partis vers le sud, direction Cusco. Entre ici et là-bas, il y a mille endroits où ils pourraient être.

La tension et la concentration du Condor sont palpables. Tout en parlant, il se frotte le front, cherchant sans doute l'idée lumineuse qui les aiderait.

-C'est çà! Le rédacteur en chef, Saul, il sait sûrement pourquoi Jenny est venue se perdre ici. Après tout, c'est son journal qui l'accueille, non ?

-Génial ! explose Lény.

Maricielo tend le post-it jaune au Condor.

- Le numéro de Saul.
Quelques secondes interminables et soudain Le Condor commence à expliquer ce qu'il veut au rédacteur en chef. Un silence. Il blêmit, une intense contrariété se lit sur ses traits tirés.
-Merci, Saul. Merci. Je vous tiens au courant. Oui, vous pouvez prévenir la police, mais je crois que çà ne servira à rien.
A ces mots, Lény et Harvey se rapprochent.
-Que dit-il, Condor ? Pourquoi la police ne servirait-elle à rien ? Parle, dis-nous quelque chose, bon dieu !
Le Condor se laisse tomber sur un tabouret face au bureau de l'accueil.
-Jenny venait enquêter sur un groupe néo-nazi...Et je connais ces fumiers. S'ils l'ont enlevée, c'est pour l'éliminer...
-Tu les connais? Des néo-nazis? Ici au Pérou ? C'est quoi, cette foutue histoire ?
Harvey hurle presque. On sent bien sa peur de perdre cette fille dont il est raide amoureux, même s'il sait que la concurrence de So est réelle.
-Calme toi, tu veux. Je vais tout vous expliquer.

Le Condor détaille alors ce que Saul lui a dit au téléphone, les raisons de l'enquête de Jenny, et surtout pourquoi il connaît l'organisation nazie. Lény et Harvey, sidérés par ce qu'ils viennent d'apprendre, gardent un silence lourd. C'est Maricielo qui rompt la glace:
-*Toi, Condor, tu fait partie de Manco Inca ?*
-*Oui. Depuis plus de vingt ans. Quand je suis arrivé ici, c'était pour oublier mon équipée en Bolivie, dans la Sierra madre, avec le Che. J'étais écœuré par tous ces morts, par cette révolution pervertie par les luttes internes de pouvoir. Je voulais revivre à neuf, loin de tout çà. Ici, je me suis refait une vie tranquille. Et puis un soir, un drôle de type est venu au bar, il m'a parlé de ma vie passée, de mes rêves cassés. Il dirigeait un groupe de révolutionnaires qui voulaient reconstruire la culture et le mode de vie Inca. J'ai été séduit. C'est par lui que j'ai appris l'existence de ces nazis, l'ordre du quatrième reich, une organisation de fanatiques dont la principale raison d'être est de retrouver le trésor des Incas disparu depuis la mort d'Atahualpa, en 1533. Avec cet or, ils comptent reconstruire un reich et*

poursuivre l'œuvre folle d'Hitler...Une guerre de l'ombre a commencé avec Manco Inca. Mais ces nazis ont des réseaux dans les cartels de drogue et dans certains pays comme le Paraguay. La police est impuissante quand elle n'est pas corrompue. Régulièrement, des militants de Manco sont kidnappés et on ne les revoit jamais. Si on veut revoir So et Jenny vivants, il va falloir faire vite, très vite. Je vais appeler mon contact de Manco. Lui aura peut-être des informations.

Le Condor décroche nerveusement le téléphone et devant ses compagnons médusés, il appelle un certain Ramon. La course est commencée.

Un jour, le lac

Un jour, le lac

Chapitre 4

- Les anciens évoquaient souvent les longues traînées lumineuses dans le ciel des nuits d'été. Ils en parlaient avec un mélange de crainte et d'admiration, soufflant à voix basse les noms des dieux du ciel. Les plus hardis imitaient avec leurs mains en forme de conques les grandes oreilles de ces visiteurs à la peau bleue dépourvue de la moindre pilosité et la beauté sculpturale des femmes qui les accompagnaient. Au fil des millénaires, le même vaisseau d'argent en forme de goutte d'eau leur rendit visite de nombreuses fois et il est dit qu'après chaque rencontre, les connaissances des hommes grandissaient et qu'ils semblaient plus sages...
- Pourquoi me raconte tout cela, Prêtre Sans Nom ? Je connais déjà cela. Mon père et mon grand-père m'ont déjà longuement parlé de ces légendes. A quoi cela peut-il bien me servir aujourd'hui ?
- Tu as la fougue de la jeunesse, son impertinence aussi...
- Pardonne-moi, Prêtre Sans Nom, mon

*esprit est tout entier occupé par la responsabilité que j'ai du trésor de l'Inca. J'en oublie même le respect que je te dois.
- Tu es tout pardonné, Ollantay. Je connais ton coeur et ton âme. Tu penses qu'un guerrier se doit d'être brave, fier et inflexible. Et tu as raison. Mais quelquefois, un guerrier doit aussi se servir de sa tête et réfléchir. Les dieux du ciel t'ont choisi pour remplir cette mission, et je sais qu'ils vont t'aider.
- Les dieux ? Aider un simple guerrier ?
- Tu n'es pas un simple mortel, Ollantay, tu es celui qui sauvera le trésor de l'empire !
- Mais comment vont-ils m'aider ?
- J'ai reçu la réponse dans un songe, Ollantay. Et cette réponse m'a indiqué l'endroit secret où tu vas emmener tout notre or, une cité construite il y a fort longtemps par ces dieux eux-même. Approche et écoute par ma voix ce qu'ils ont à te dire...*
Le Prêtre Sans Nom souffla très fort et de ses deux narines fusèrent deux nuages, l'un de fumée bleue et l'autre de poudre d'or. Ils s'arrondirent gracieusement, se rejoignant dans l'air vif pour former un tableau. Ollantay commença à distinguer dans les

volutes une forme humaine qui tendait la main en direction d'une forêt qui paraissait inextricable. La voix du Prêtre Sans Nom s'éleva soudain et Ollantay comprit que les dieux lui parlaient. Rempli d'humilité, il s'agenouilla, mémorisant chaque parole, enregistrant au plus profond de lui les détails du chemin qu'il aurait à parcourir. Enfin, le vieil homme se tut et le tableau se dissipa dans l'air piquant de la montagne. Maintenant, Ollantay avait sa réponse. Il se releva, bouillonnant d'une énergie féroce, sachant que rien ne l'arrêterait. Il était prêt.

***

La lumière blafarde de la misérable ampoule de 40 watts met en relief les traits fins de Jenny. Quand je lui annonce l'offre d'Anke, elle se récrit:
- *Mais So, tu te doutes bien que quand j'aurai dit tout ce que je sais à cette femme, elle nous fera abattre. Elle a un iceberg en lieu et place de sentiments et c'est une fanatique. Je ne dois rien lui dire...*
-*Tu oublies Hans. Lui te fera parler. Et je n'ai pas envie qu'il te casse les doigts. Non,*

*il faut gagner du temps, négocier avec Anke.
-C'est impossible. Je suis persuadée qu'elle se servira de toi, le style « tu me dis tout ou So va déguster »...Nous sommes piégés So, piégés. A part si l'on réussit à s'enfuir.
-Comment, de quel côté ? Même si l'on réussissait à sortir de cette pièce complètement close, ce dont je doute, où aller? Tout autour, c'est la montagne. Déserte. Ils nous rattraperaient très vite. J'ai entendu leurs chiens aboyer au fond de la cour.
-Alors, c'est fichu. Dans tous les cas.*

Dans un geste de lassitude, Jenny laisse tomber sa tête sur ses genoux remontés. Je m'avance pour la toucher, la consoler, lorsque la porte s'ouvre brusquement. La silhouette massive de Hans se profile dans l'encadrement.

Bizarrement, il nous fait signe de ne pas faire de bruit, un doigt en travers des lèvres. A un mètre de nous, il nous glisse d'un ton très bas en montrant Jenny:

-Tout à l'heure, Anke a dit que tu connaissais l'emplacement de la cachette de l'or. J'ai une proposition à te faire: je vous délivre, tu m'y emmènes et on partage. Je

veux les deux tiers. Ce n'est pas la peine d'essayer de me doubler, à la moindre tentative d'évasion, je flingue ton homme. Avec çà, on va être comme des frères...
Il agite une paire de menottes sous nos yeux.
-Alors, tu en dis quoi ?
A court terme, la solution paraît miraculeuse. On échappe à la folie d'Anke et on a une chance, aussi minuscule soit-elle, que le tueur respecte sa proposition. Le choix est risqué mais c'est le seul qu'on puisse faire. Jenny et moi échangeons un long regard. C'est elle qui répond:
-D'accord, çà marche. Mais tu libéreras So avant que l'on arrive à la cité perdue...
Hans fronce les sourcils un moment.
-Bien. On fait comme çà.
La lame d'un cran d'arrêt jaillit et il tranche mes liens tout en me saisissant le poignet droit. Il le menotte d'un geste vif. L'autre boucle est déjà sur son poignet gauche. Il regarde Jenny.
- Approche, je vais couper tes cordes. Et n'oublie pas, un geste de trop et la cervelle de ton copain explose...
Libérée des cordes qui lui torturaient la peau fine de ses avant-bras, Jenny se les masse

quelques secondes. Hans nous explique son plan:

-*On va piquer le Chevrolet. C'est toi qui va conduire,* dit-il à Jenny. *L'autre voiture est partie hier avec trois hommes. Ils ne doivent revenir que dans la nuit. On pourra prendre une bonne avance. Dès qu'on est monté dans le 4x4, tu accélères droit devant sur le chemin. Au bout de trois cents mètres, tu vas retrouver la route de Cusco. A toi de prendre la bonne direction...Prêts ? On sort sans bruit et on va tranquillement à la voiture. On ouvre les portières délicatement et après...tu fonces !*

-Mais le garde qui t'accompagnait ?

-Je n'aimais pas son accent...de toute façon, il ne parlera plus.

Hans pointe du doigt une masse sombre allongée sous l'escalier du patio. La nuit tombe très vite ici et nos ombres se déplacent discrètement jusqu'au Chevrolet. Arrivé à sa hauteur, Hans glisse les clés de contact au creux de la main de Jenny. Les portières s'ouvrent sans bruit. Nous voilà installés. Jenny tourne la clé et enclenche la boîte automatique en écrasant l'accélérateur. Je me retourne pour apercevoir quelques formes qui s'agitent derrière nous. Ils n'ont même pas eu le temps de nous tirer dessus. Au croisement du chemin et de la route, Jenny n'hésite pas une seconde et bifurque vers Cusco. Elle allume les phares et libère les chevaux du gros V8. Plaqué sur le cuir du siège, je souris. Nous sommes libres. Au regard que me lance Hans, je déchante. Presque libre.

***

Maricielo termine son café en fixant Le Condor:
- *Je reste au journal, au cas ou So appelle. On ne sait jamais. Et puis, je ne suis pas rassurée par tout çà...*
- *De toute façon, je n'aurais pas voulu que tu viennes avec nous. Ça risque d'être dangereux.*
Dehors, Lény et Harvey s'impatientent et font les cents pas devant la vitrine. Le Condor lance un signe de la main vers la jeune femme:
- *Salut, Maricielo. Tu m'appelles si tu as du nouveau. Tchao !*
En sortant, il vérifie machinalement que le

P38 est à sa place sous la veste. La lourdeur de l'arme le rassure. Il l'a gardée en souvenir de ses années passées mais jamais il n'aurait cru devoir la remettre en service. La vie réservait des surprises, et pas toujours de bon goût. Le minibus les attend d'un air impassible, ses tôles rouillées paraissant se délasser au soleil. Le Condor démarre sans un mot en prenant la direction de Cusco, l'humeur sombre. Quelques kilomètres plus loin, il se range sur le côté quand son portable sonne:
- *Oui, c'est bien moi...où ça ? Dans le tunnel au kilomètre dix-sept.... Oui, la voiture appartient bien à Luis, le patron de la scierie. Ok, je le préviens d'aller la récupérer. Oui, merci inspecteur. Au revoir.*
La pâleur des joues du Condor fait frissonner Lény et Harvey, tous deux assis à l'arrière. Il se retourne vers eux:
- *La police a retrouvé le Pajero de Luis, dans un tunnel, sur la route de Cusco. La portière ouverte et le moteur tournant. D'après eux, c'est un enlèvement...Je suppose que les ravisseurs de Jenny se sont rendus compte qu'ils étaient suivis. C'est classique. Ils ont attendu So pour l'épingler.*

On a donc maintenant deux disparus...
-On fait quoi? soupire Lény.
-On va au rendez-vous de Ramon. Il a sûrement des infos sur ces nazis. Et il nous proposera son aide. Et celle de Manco Inca.
Le vieux Combi patine dans la poussière du bas côté avant de bondir sur la route en couinant. Pour aller au point de rendez-vous, Le Condor sait qu'il doit prendre sur la droite une ancienne route andine qui serpente à flanc de coteau, au kilomètre vingt-trois. A soixante-dix de moyenne, ils y seront dans vingt minutes. Il allume son premier cigare depuis la Sierra Madre et insère une cassette dans le Blaupunkt. Les Walkyries surgissent dans l'habitacle, tétanisant les Irlandais sur leur siège en faisant vibrer les vitres Sekurit. Le Condor sourit, il sent de nouveau couler dans ses veines un sang chaud et vif, ses tempes battent un peu plus fort, rappel subtil de l'exaltation qui précède le combat. Des images défilent qu'il avait enfouies au creux de sa mémoire, des images à la netteté douloureuse. Mais aujourd'hui, il ne veut pas les chasser, il les laisse le remplir, il s'abreuve à cette fraîcheur ancienne, se

réhydratant de l'intérieur avec la force de la mer sur la falaise. Son corps tout entier s'assouplit, signant à ses épaules de se détendre, de s'abaisser. Son ventre se gonfle de sa respiration puissante et contrôlée, la vigueur de son sang a gagné le moindre capillaire, la plus petite veinule. Éparpillée hier, chaque part de lui-même se réunit. Une seule lumière en un seul être. En s'ouvrant au passé, il accueille son futur, quel qu'il soit, sans peur et sans regrets, son esprit et ses sens tendus vers un unique but, retrouver So et Jenny. Vivants.

***

L'air sec et brûlant de l'aéroport Ben Gurion à Tel Aviv pousse Coleman vers le bar. La citronnade glacée qu'il ingurgite lui rappelle son enfance à Whitechapel, un quartier pauvre de Londres. L'été, quand il rentrait de ses journées à travailler comme aide-épicier dans une boutique crasseuse de Dorset Street, sa mère lui préparait un grand pot de lemon squash. A chaque gorgée, il lui semblait éliminer toute la poussière de sa journée et aujourd'hui, la sensation est la

même.
- *Toujours adepte ?*
Coleman ne sursaute pas, cette voix là lui est connue. Il se retourne lentement, un sourire aux lèvres. Ses bras s'ouvrent pour serrer le solide gaillard qui lui fait face, le visage un peu vieilli, toujours barré d'un bandeau sur l'œil perdu lors d'une bagarre dans un pub. A l'époque, Coleman l'avait tiré d'un mauvais pas en s'interposant contre des extrémistes de droite qui venaient de traiter son futur ami de sale juif. Lev s'en était sorti avec un coup de lame dans l'œil. Sans l'intervention du jeune Coleman, il aurait probablement fini au fond de la Tamise.
- *Toujours, vieux frère, toujours. Je t'en offre une ?*
- *Non, je reste fidèle à la bière.*
Sur un signe de Coleman, le serveur pose une maccabi sur le comptoir. Lev la saisit délicatement et la bouteille tinte sur le verre de citronnade.
- *A la tienne, mon frère.*
Les secondes suivent en silence, les deux hommes se régalant de leurs retrouvailles. Coleman entraîne Lev vers le fond du bar. Un sofa en velours râpé les accueille dans

un grincement de ressorts.
- *Alors Harry, quelles nouvelles depuis tout ce temps? On ne s'est pas revu depuis si longtemps, ton affaire de masque d'or...*
- *Je crains d'avoir de gros ennuis à venir...*
- *Quels genre d'ennuis ?*
- *Du genre mortel, Lev.*
Lev considère Coleman quelques longues secondes.
- *En rapport avec l'affaire du masque ?*
- *On peut dire çà. La bête semble se réveiller, Lev, et j'ai peur qu'elle morde bientôt.*
- *Allez, raconte.*
- *Tu te souviens qu'à l'époque, quand on a cambriolé la boutique, j'ai déclaré à la police qu'à part la grille arrachée et la porte forcée, je n'avais rien constaté d'autre.*
- *Oui, et alors ?*
- *Alors, c'est faux. A la place du masque, sur la sellette, j'ai trouvé une décoration en métal, une croix gammée. Quelqu'un a voulu laisser un signe. Je l'ai toujours.*
Il tire de sa poche un sac en toile et le tend à Lev. A l'intérieur, l'objet paraît glacé, presque déplacé dans la chaleur du bar.
- *Saloperie des saloperies..rien qu'à la*

toucher, j'en ai des frissons dans le dos. Remballe çà, Harry !
-Voilà, c'est fait. Tu ne la verras plus. J'ai besoin de toi, Lev. De toi et de tes amis. Une jeune journaliste qui s'appelle Jenny est en cours d'enquête sur tout çà. Au Pérou. Et je crois que bientôt, elle va rencontrer quelques uns de tes anciens camarades de jeux...
- J'en ai flingué un certain nombre, Harry. Souviens-toi de l'opération au Chili, en 1975. Cet accident d'ascenseur à Valparaiso. Seuls deux d'entre eux ont réussi à s'en tirer et on les a identifiés plus tard au Paraguay, installés comme honnêtes commerçants. Mais aujourd'hui, c'est fini, tout çà. On a arrêté la traque. Mes amis ne peuvent rien pour toi Harry. Je suis désolé mais nos services ne tremperont pas là-dedans.
- Mais bon sang, c'est une organisation nazie !
- La diplomatie, mon frère, c'est la diplomatie et les arrangements qui ont pris le pouvoir.
Visiblement déçu, Coleman s'affaisse légèrement dans le sofa.

- Mais si tu me payes une seconde bière, je veux bien t'accompagner là-bas. Çà tombe bien, j'ai pris ma retraite la semaine dernière...
- Tu ferais çà ?
-Je te dois une vie mon vieux, et puis je m'embêtes un peu ici. La retraite, je crois pas que çà soit pour moi.
-Leh'ayim Lev! Santé!
-A la vie, à la mort ! A notre vie et à leur mort!

***

On a avalé les six cents kilomètres qui nous séparaient de Cusco en moins de dix heures. Jenny conduisait vite sur des routes improbables, et plusieurs fois, j'ai bien cru mourir, écrasé au fond d'un précipice. A mi-chemin, j'ai pris le relais au volant. Hans nous surveillait sans relâche et lorsque nous nous sommes arrêtés pour faire le plein, il a envoyé Jenny dans la petite station service. Sa mission consistait à demander de l'essence et à acheter de quoi nous restaurer. En pointant son arme contre mes côtes, il lui a fait comprendre qu'elle avait tout intérêt à

respecter le deal. Elle a hoché la tête sans rien dire. Dix minutes plus tard, on traçait de nouveau la route.
- *Dans quel coin se trouve la cité ?*
Silence de Jenny. Hans la fixe, le regard froid.
- *Je t'ai posé une question. On est associé, non? Alors, où est-elle ?*
- *Associés ? Tu as une conception musclée de notre association...*
- *Non, pas musclée. Seulement prudente. Fais moi confiance. Une fois là-bas, et si tout se passe bien, je vous relâche avec un tiers de l'or. Tu as ma parole.*
- *Tu as déjà trahi tes amis, non ? Qui me dit que tu ne feras pas la même chose avec nous ?*
- *C'est le risque à courir ma belle. Mais vous m'êtes sympathiques tous les deux, et je t'ai dit que j'en avais marre des morts. Fais un effort et crois-moi.*
Cusco, colorée et vivante, est déjà réveillée depuis longtemps quand nous abordons ses faubourgs. La ville est accueillante, enjouée, partout règne une atmosphère de fête. Nous sommes épuisés par la route. On trouve un petit hôtel à la façade blanche et au patio

délimité par une barrière de bois bleue. Hans nous a prévenu qu'on prendrait une chambre à trois lits et qu'ils nous menotteraient par prudence et parce qu'il a vraiment besoin de dormir. J'aurais préféré pouvoir serrer Jenny dans mes bras mais l'évasion amoureuse n'a pas l'air prévue au programme. Attachée au lit dans la chambre, Jenny me lance un long regard tendre et s'endort d'un coup. Je l'imite rapidement sans même m'en rendre compte. C'est Hans qui nous réveille en milieu d'après-midi. Il est allé chercher des cafés et des brioches au maïs qu'on dévore avec appétit. Le bourreau se transforme en nounou et l'idée du syndrome de Stockholm m'effleure mais je l'évacue en dégustant mon café.
- *Allez, on repart. Jenny, c'est toi qui conduit jusqu'au bout. On roule jusqu'où ?*
Jenny, reposée, se décide:
- *On passe par la route D28 et direction de Vilcabamba. Après, on a une marche à faire. Forêts et montagne. On verra çà sur place...*
- *Toujours pas rassurée sur mes intentions ? Bon. De toute façon on y va.*
On sort de la ville sans précipitation, en suivant toutes les indications « Machu

Picchu » et elles sont nombreuses. Les touristes pullulent pour visiter le site et c'est sur une route encombrée qu'on entame la dernière ligne droite. Avec un gros point d'interrogation au bout.

***

Pizarre foudroie du regard le capitaine des gardes. Dans sa cuirasse dorée et sous le casque de fer, le soldat sue de peur. Le gouverneur est fou de rage, il vient de comprendre que la plus grosse partie du trésor de l'Inca a disparu. Comme par enchantement. Mais Pizarre ne croit ni aux enchantements, ni au hasard. Il est persuadé que les guerriers Incas qui convoyaient l'or ont été prévenus de la mort de leur empereur, mais par qui ?
- *Capitaine, je veux des exemples. Empale et brûle cinquante de nos prisonniers. Pille tous les villages à dix lieues à la ronde, égorge tous les enfants et toutes les femmes. Je veux qu'à la seule évocation de mon nom, ces sauvages périssent ! Et reviens avec une explication, car sinon mon courroux t'atteindra aussi sûrement que dieu est mon*

maître ! Va. C'est un ordre !
Le prêtre sort de l'ombre d'un pilier, la capuche de sa robe lui recouvrant la tête:
- *Dieu n'ordonne pas ces massacres...*
- *Mais Pizarre si !*
-*Te sens-tu donc plus grand que dieu, Francisco ? Tu blasphèmes !*
- *Dieu me sera reconnaissant de tout ce que je fais. Ces sauvages n'ont de toute façon pas d'âme. Je les écraserai comme on se débarrasse de la vermine...mais toi, qui te permet de me parler ainsi ? Sais-tu que je pourrais d'un mot te faire enchaîner ? Crains ma colère ou tais-toi !*
- *Ces créatures sont créatures de dieu, et je ne crains pas ta colère, gouverneur. Je crains seulement pour le salut de nos âmes à tous. Rappelle ton capitaine, évite ces massacres, tu en seras plus grand encore ! Je t'en prie, Francisco, sois clément!*
-*La clémence serait comprise comme faiblesse et je me dois d'être fort. Implacable, au nom de dieu et de notre empereur Charles. Quant à toi, prêtre, je te renvoie. Tu iras évangéliser ces indiens au coeur même de leurs forêts et aux sommets de leurs montagnes. Hors de ma vue, et*

estime toi heureux que Pizarre te laisse en vie.
-Il est écrit « qui a pêché par l'épée périra par l'épée ». Je vois des choses terribles te concernant, je vois ta mort, Francisco, poignardé par les tiens...
-Dehors, charogne. Gardes, jetez-le hors de la ville. Tout de suite !
Pizarre s'approcha de la fenêtre qui donnait sur une place. Les bûchers et les pals se dressaient vers un ciel sans nuages. Dans moins d'une heure, les cris des suppliciés donneraient à l'endroit des airs d'antichambre de l'enfer. Insensible aux souffrances à venir, il ignorait que la prophétie du prêtre se réaliserait huit années plus tard et qu'il serait maudit pour cent générations.

Un jour, le lac

Chapitre 5

Il est inutile de chercher à échapper à ses peurs. Je viens d'en faire l'expérience. Cruelle et douloureuse. Mais ma souffrance s'estompe, une somnolence lourde s'insinue en moi, je n'arrive plus à déglutir et ma respiration faiblit. Je cherche de l'air en m'engourdissant, la douleur de ma main broyée comme dans un étau a disparu. J'ai la vision déformée et floue du visage de Hans, et de très loin je distingue ses mâchoires qui bougent quand je l'entends dire qu'un chuchupi m'a mordu. Chuchupi ou lachesis mutus, l'un des serpents les plus venimeux du monde, caché au creux des branches accrochées à la muraille. Il cherchait sans doute la fraîcheur et ma main qui s'est posée là par hasard l'a dérangé. Un centième de seconde plus tard, la mort coulait dans mes veines...si près du but, dans cette vallée de Vilcabamba adossée à la montagne protectrice d'un côté et protégée de l'autre par une forêt impénétrable. Etait-ce le bout de mon voyage ? Je venais de rencontrer le serpent, le premier animal sacré. La force intérieure, la terre...je retournais à Pachamama. Le visage de Jenny remplace celui de Hans au dessus de moi. Des larmes l'inondent et je l'entends me crier de revenir, qu'elle m'aime, non, pas maintenant, pas comme çà. Une goutte salée coule sur mes lèvres. Du sel, de l'eau, je perçois distinctement la saveur de ses pleurs. C'est donc que je ne suis pas mort. J'ai pourtant l'impression d'être une pierre, mon corps entier est dur, rigide, mes poumons appellent un souffle qui ne vient plus. Mes lèvres s'ouvrent, brutalement forcées par une matière froide et le feu d'un liquide amer me pénètre avec la sensation terrible que l'on m'ouvre en deux avec une force implacable. Plus implacable que mes peurs. J'ouvre les yeux sur Jenny qui tente en tremblant de me sourire. A ses côtés, je crois voir la tête d'un puma qui me fixe intensément. Je souris au félin en m'endormant.

***

Le point de rendez-vous est désert, une cabane de mineur délaissée depuis des années. Tout autour, la poussière du sol

s'agite en spirales sous l'effet d'un vent râpeux et sec. Le Condor inspecte l'unique pièce et semble satisfait.
- *Ramon ne devrait plus tarder.*
- *En tout cas, y a pas foule ici !* balance Lény avec une pointe d'agressivité dans la voix.
- *Du calme, mon vieux. Les gens que tu vas rencontrer ne ratent jamais un rendez-vous. Je ne connais personne de plus fiables qu'eux. Prends une bière dans la glacière et détends-toi. Ils viendront, dans dix minutes, dans deux heures ou dans trois jours, mais ils viendront.*
- *Dans trois jours, Jenny et So seront peut-être morts...*
- *Ou peut-être pas...La seule chose à faire pour l'instant, c'est d'attendre.*
Harvey de son côté semble serein. Il mâchouille une herbe en contemplant les volutes de poussière.
- *Y-a toujours autant de vent par ici ?* lâche-t-il à l'attention du Condor.
- *Le vent ? Oui, toujours du vent. Il efface les traces, il emporte la mémoire, il joue avec nos nerfs. Un sacré gus le vent. Tu ne peux rien contre lui, ni l'attraper, ni*

l'emprisonner, et surtout pas le faire cesser. Il râpe les montagnes depuis des millénaires, et le plus fort c'est qu'il arrive à les user, comme çà, en prenant son temps. Il n'arrête jamais...c'est un entêté !
- Il te ressemble, ami!
La voix est posée, forte. Elle vient d'un homme surgi de nulle part, cinq autres le suivent à distance, des fusils dans les mains. Leny et Harvey, stupéfaits de n'avoir rien vu venir, les regardent avancer. Le Condor éclate de rire, ses yeux brillent d'une joie rare. Il écarte les bras pour serrer Ramon avec un plaisir non dissimulé.
- Ramon, mon bon ami Ramon. Je te présente Leny et Harvey, tu peux avoir confiance en eux.
- Tu sais bien que je n'ai confiance que dans mon petit frère revolver. Mais bon, je te crois Condor, car tu es mon deuxième petit frère, mon frère d'arme et de sang.
Une émotion palpable enveloppe les deux hommes, que Ramon, pudique, chasse d'un tour de main:
- Ce que j'ai à te dire n'est pas très bon. Tes amis, surtout la jeune femme, ont beaucoup fâché ces cinglés du quatrième reich et ils

veulent leur peau. D'autant plus qu'ils se sont enfuis avec l'un des nazis qui visiblement les a aidés. Frau Anke est très en colère, et chez elle la colère finit toujours par des morts.
- Tu as une solution à me proposer ?
- Une seule. Les retrouver avant eux. En ce moment ils filent vers Vilcabamba, ils y sont peut-être déjà.
-Comment as-tu toutes ces informations, Ramon ?
- Il faut que tu saches que nous ne sommes pas que des combattants. Manco Inca a hérité aussi de certaines traditions anciennes, secrètes. Certains parlent de magie...Un vieux paysan de l'altiplano qui sait lire dans le futur...tu peux y croire ou non, mais c'est comme çà. Voici mes compagnons, tous de souche inca. Chacun d'entre eux n'a d'autre but que de t'aider. Il est inutile de leur poser des questions, ou même de leur parler. On les appelle les guerriers du silence. Ils apparaissent et disparaissent sans bruit, ne parlent pratiquement jamais et ils te seront dévoués jusqu'à la mort si besoin.
Le Condor ausculte les visages des cinq

hommes qui portent le même poncho coloré sur leurs épaules. Leurs traits sont marqués et de leurs visages impassibles émane une tranquillité absolue.
- *Ces gars là me rassurent, Ramon. Avec eux, on devrait pouvoir retrouver Jenny et So. Et toi, tu ne viens pas avec nous ?*
- *Non, pas besoin. Et j'ai d'autres choses à faire...Mais je peux t'aider à gagner Vilcabamba très vite...*
- *Comment ?*
- *Le tour de magie de Ramon ! Un hélicoptère de combat qu'on a récupéré par l'intermédiaire d'un conseiller russe, à l'époque où ils liquidaient le matériel qui revenait d'Afghanistan. On est venu avec. Les gars vont t'y conduire et avec çà tu seras là-bas plus vite que le vent. Une chance pour toi de pouvoir devancer les nazillons...*
- *Ramon, tu es un génie ! Je ne sais comment te remercier pour ton aide.*
- *C'est simple: tu flingues le plus possible de ces salauds et tu ramènes tes amis vivants. De savoir que ces ordures auront échoué me fait plus plaisir que tout !*
- *Ok Ramon, je crois qu'on doit y aller. Il est*

plus que temps.
- Bonne chance à toi, Condor. Et méfie-toi d'Anke, c'est une tueuse...
Ramon prononce ces derniers mots avec une ombre de tristesse dans les yeux qui n'échappe pas au Condor.
- Je ferai attention, Ramon. Tout va bien, tu es sûr ?
- Oui, tout. Adieu Condor...
- Adieu Ramon. On se revoit quand ?
- En enfer, mon ami, en enfer !
Il éclate de rire et disparaît sur un signe de la main. Les cinq Manco précèdent les trois hommes en marchant d'un pas si rapide que Lény et Harvey ont un peu de mal à suivre. A ce rythme, arriver à l'hélicoptère devrait prendre une vingtaine de minutes et Le Condor savoure cette marche comme un hors d'œuvre avant le plat principal: la guerre.

***

Les deux touristes qui descendent du bus s'épongent le front en même temps. Depuis leur arrivée à l'aéroport de Cusco, ils n'ont pas eu le temps de se rafraîchir et leurs

costumes blancs se sont couverts de poussière et de sueur.
- *Dis donc Harry, tu connais la bière du pays ?*
- *Non, jamais bu. Mais c'est l'occasion. On s'en boit une et on passe à l'agence de location pour récupérer la voiture. On n' a pas beaucoup de temps à perdre.*
- *Regarde là-bas, la petite cantine, des tables à l'ombre. On s'accorde vingt minutes...*
- *Ok, Lev. Mais pas plus.*

***

Le puma, second animal sacré, m'a donc ramené au présent, à la vie. Ses longues moustaches encadrent une gueule ouverte sur des crocs impressionnants. Mais c'est le regard de l'homme qui m'interpelle, l'homme qui a fait de cette tête de puma son couvre-chef. Les yeux à demi clos, il scrute avec attention ma poitrine, palpant ma cage thoracique sur toute sa longueur. Soudain détendu, il me parle avec douceur:
-*Le venin du serpent n'a pas résisté à la potion que je t'ai fait boire. Tous tes organes*

sont redevenus souples et forts, la vie coule à nouveau en toi. Rares sont ceux qui survivent à la morsure du chuchupi, mais plus rares encore sont ceux qui survivent à ma potion...

En prononçant ces mots, il part d'un immense éclat de rire qui semble sortir de la gueule grande ouverte du puma. Il me fait signe de m'asseoir, ce qu'à ma grande surprise je réussis sans problème. Je laisse reposer mon dos sur le mur qui émerge de la végétation.

- *Sois sans crainte, le serpent est parti, il a eu plus peur que toi.*

En me tendant une coupe de métal doré, il ajoute:

- *Bois ceci, cette boisson te fera du bien. Elle chassera toutes les toxines qui demeurent encore dans tes tissus et elle te rendra ta vigueur.*

Prudent, je porte la coupe à mes lèvres. Instantanément, je reconnais la dureté du métal qui m'a surpris tout à l'heure, mais cette fois-ci, le breuvage est plutôt agréable, sucré et doux.

- *Des fruits, quelques plantes de la forêt et une poudre de venin de chuchupi séché...c'est une recette très ancienne...et très efficace.*

J'ai du mal à avaler la dernière gorgée mais l'homme vient de me sauver la vie: je bois tout. Jenny se laisse littéralement tomber à mes côtés et m'embrasse dans un mélange de rires et de larmes. La scène fait beaucoup rire l'homme puma dont le sens de l'humour n'a d'égal que son art médical:

- *Tu as de la chance aujourd'hui, c'est un bon jour pour toi: tu reviens à la vie et ta femme a l'air de beaucoup t'aimer...comme on dit dans mon pays, après la mort, l'amour !*

Il termine sa phrase presque plié en deux, hilare. Hans nous ramène à la réalité:

- *Alors, on entre dans la cité ou vous voulez vous installer ici ?*

Mon sauveur reprend son sérieux et nous montre la façade de pierres renforcée d'arceaux métalliques.

- *Là-bas,* dit-il en se tournant vers moi, *derrière ces grosses lianes, c'est l'entrée. On m'a envoyé ici pour vous guider jusque-là et aussi pour te sauver du serpent. Comme tu n'es pas mort, je dois maintenant t'y conduire, et tes amis aussi.*

- *A la bonne heure,* s'écrie Hans. *Et bien allons-y!*
J'ai suffisamment récupéré pour me relever. Hormis une vague douleur à la main, je me sens même très bien. Posant la main sur le bras de mon guérisseur, je le retiens un instant:
- *Je ne t'ai même pas encore dit merci. Je te dois une vie.*
- *Tu ne me dois pas grand chose. C'est toi qui a décidé de revenir, je n'ai fait qu'aider les choses. Ce n'est pas l'heure pour toi...*
- *Je m'appelle So, et toi ?*
- *Tu peux me nommer « prêtre sans nom », mon père et son père avant lui s'appelaient ainsi...cela remonte au commencement du monde inca, il y a très longtemps.*
- *Je préfère t'appeler Tête de puma. Cà te va ?*
- *C'est un drôle de nom, mais il me plaît !*
- *Et qui t'a envoyé ? Comment savait-il que j'allais être mordu par un serpent ?*
- *Je l'ai su dans mes visions que les dieux m'envoient.*
- *Les dieux ? Mais quels dieux ? Chez moi, il n'y en a qu'un et je n'y crois pas...*
- *Ce que tu crois n'a pas d'importance. Nos*

dieux existent car on peut les toucher, leur parler. Ils viennent nous voir depuis le début des temps et nous apportent connaissances et conseils. Un jour, j'ai même volé dans un de leur condor d'argent, j'ai vu la terre depuis très haut dans le ciel, là où la nuit règne en permanence. La terre bleue. Comme la peau de nos dieux...

Soudain muet, il nous entraîne vers une sculpture gravée sur le mur, un tapir, le tapir sacré, mari de la déesse Orejona qui conçut l'humanité avec lui...Tête de Puma saute prestement vers le groin de l'animal et se laisse pendre de tout son poids. Un craquement grave secoue la muraille et soudain, la porte cachée s'ouvre, une ouverture triangulaire, assez haute pour laisser passer un homme. Le dépit de Jenny et Hans est palpable, ils s'attendaient sans doute à une énorme porte d'or . Comme s'il avait ressenti notre déception, Tête de Puma susurre d'une voix calme:

- Ce n'est qu'un couloir, l'entrée se trouve plus loin, au coeur des pierres, ne soyez pas trop pressés, il va falloir vous habituer à la fraîcheur et à l'obscurité. Suivez mes pas, exactement. Mes ancêtres avaient conçu des

pièges mortels pour empêcher les pillards de pénétrer ici. Certains fonctionnent encore et sont plus dangereux que le chuchupi lui-même...

Son rire disparaît avec lui dans le triangle obscur du mur. Saisissant la main de Jenny, je le suis tandis que Hans ferme la marche. Seul le crissement de nos pas sur la poussière trouble le silence du lieu. Je constate avec surprise que plus nous avançons, plus je distingue nettement le chemin, comme si une luminosité naturelle croissait avec chacune de nos foulées. Le couloir s'élargit pour déboucher dans une vaste pièce inondée de lumière. Ses dimensions sont colossales, en hauteur autant qu'en largeur. C'est alors que nous les voyons, figés pour l'éternité en plein centre de la salle.

***

Anke repose le livre avec un respect non feint, pleine d'admiration pour le sens de la stratégie de Sun-Tse. Dans *L'art de la guerre,* elle avait trouvé un prolongement à ses capacités innées pour l'organisation et la conduite de la guerre secrète qu'elle menait au nom du quatrième reich. Tout se passe exactement comme elle l'a prévu et le déroulement de l'opération ne connaît aucun temps mort. Elle se repasse mentalement le fil des événements des six derniers mois, depuis ce jour de pluie à Hambourg où elle rencontra Frau Altenkirsch. La très vieille dame l'avait invitée à l'enterrement de son mari, un industriel en retraite, ancien membre du parti nazi. Ils vivaient là depuis la fin de la guerre, sans jamais avoir été suspectés de quoi que ce soit et menaient une vie respectable dans un quartier cossu de la ville. Frau Altenkirsch avait précisé à Anke que son mari avait pris soin d'éliminer tous les détails dérangeants de son ancienne vie. Et quelques témoins aussi. Reconverti dans l'usinage de pièces pour l'automobile, il s'était constitué un patrimoine solide et une respectabilité sans failles. Avec l'aide d'anciens amis, dont le père de Anke, tous décidés à lutter dans l'ombre pour faire triompher un nouveau reich. Leur système, très cloisonné, ne permettait à chaque membre de ne connaître que quelques rouages de l'ensemble. Ainsi, Anke ignorait tout de l'histoire de ce couple et même sur son lit de mort, son père ne lui avait pas révélé leur existence, se contentant de lui intimer l'ordre au nom du führer, de poursuivre leur combat. Ce qu'elle avait fait avec un zèle et une efficacité qui avaient subjugué le chef occulte de l'organisation. Très rapidement, elle avait gravi la hiérarchie et elle occupait aujourd'hui une fonction déterminante, chef du service des opérations extérieures.

- J'ai quelque chose à vous remettre, de la part de mon mari.

De ses deux mains parsemées de taches brunes, Frau Altenkirsch lui tend un paquet entouré d'un fin papier noir. En le prenant, le poids la surprend, elle soupçonne qu'il s'agit d'un livre, mais elle n'ose pas encore le déballer.

- Vous l'ouvrirez plus tard, je n'ai pas à savoir ce qu'il contient. Ce sont les volontés de mon mari. Maintenant, il est temps pour vous de partir...Je dois retrouver mes hôtes afin de les remercier d'avoir assisté aux funérailles de Johann... Adieu mademoiselle.

La vieille dame se retourne et sort du salon

où elle l'a reçue après le passage au cimetière. Anke n'a même pas le temps de lui parler. Arrivée à son hôtel, elle s'oblige à prendre un café au bar afin de calmer sa précipitation. Puis, sans forcer l'allure, elle monte dans sa chambre et contemple longuement le paquet posé sur le lit. D'un doigt ferme, elle décachette le ruban adhésif avec précision et déplie le papier noir qui cache un gros volume relié de cuir . Anke l'ouvre, il est creux. Plus qu'un livre, c'est un coffret au fond duquel reposent des cartes et des fiches à l'encre jaunie. La jeune femme passe alors une partie de la nuit à lire et relire la relation écrite et cartographique d'une expédition commanditée par le führer en 1942 pour retrouver une cité perdue contenant un trésor fabuleux. Une note dactylographiée beaucoup plus récente recensait une liste de noms de personnes capables de fournir des renseignements sur ce trésor. Dans cette liste, un ancien soldat, seul survivant du corps expéditionnaire et plusieurs autres noms dont celui de Coleman. A la fin de la note, une main avait rajouté d'une écriture fine. *nécessité absolue de mettre en place l'opération « ultimate*

Macht », par tous les moyens à disposition. Le triomphe de notre futur reich dépend de cet or. S'en était suivie la mise en place par Anke et son groupe-action d'un plan visant à mener à bien leur mission. Recoupant chaque information, elle les validait au fur et à mesure. Elle arriva à la conclusion que la seule personne au monde qui connaissait l'endroit exact de la cache de l'or était Coleman, l' antiquaire londonien. Il aurait été facile de l'enlever et de le torturer pour le faire parler. Mais Anke savait que l'homme, solide et au caractère trempé, ne parlerait pas. En outre, il n'avait ni famille ni amis sur lesquels on pouvait faire pression. La stratégie d'Anke consista à séduire Coleman par l'intermédiaire d'une jeune journaliste à qui son journal confia une enquête sur un mystérieux masque d'or inca. Le rédacteur en chef de la revue, membre du quatrième reich, manipula brillamment la jeune femme et celle-ci finit par dénicher le nom de Coleman qu'elle rencontra pour une interview. La machine se mit en route. Il ne restait plus à Anke qu'à suivre la piste de la journaliste. Avec de la chance, elle les mènerait au but. Elle fut surprise de constater que Coleman, sans rien en dire à la journaliste, avait décidé de son côté de partir sur les traces de la jeune enquêtrice, visiblement pour la protéger. Il était accompagné d'un agent du Mossad fraîchement retraité. Mais ce problème serait vite réglé dès leur arrivée au Pérou. Elle s'arrangea pour qu'un groupe d'activistes Incas, Manco Inca, avec lequel les nazis avaient régulièrement des échanges mortels pour l'un ou l'autre camp, soit contacté par les amis de la jeune femme. Une façon de les forcer à se montrer afin de pouvoir les détruire plus facilement, d'autant que l'organisation nazie avait pu acheter la trahison d'un des leurs. Anke fit donc kidnapper la journaliste par ses hommes et la laissa s'échapper avec l'aide d'un des gardiens, Hans, un fidèle parmi les fidèles. Ainsi, elle le conduirait à la cache secrète. Hans avait ordre de l'éliminer dès l'or retrouvé. Un seul grain de sable inquiétait Anke, mais il était insignifiant, il s'agissait de So, le compagnon amoureux de la jeune femme, non prévu dans le programme. Mais Hans n'était pas à une vie près...

***

Les sept jours de marche pour atteindre la cité cachée n'ont pas entamé la volonté d'Ollantay. Sous une chaleur épuisante, rationnés en eau et en nourriture, ses trois cents compagnons et lui n'ont pas proféré la moindre plainte ni montré l'ombre d'un découragement. A l'entrée de la gorge qui mène aux premières murailles, Ollantay marche avec assurance vers la porte d'où il sait qu'il ne sortiront plus. Redressant le buste, il s'adresse aux guerriers:
-*Mes frères, aujourd'hui est un grand jour pour nous tous. Nous allons garder le trésor de notre empereur pour l'éternité. Les dieux nous attendent et veilleront sur nous pour les mille années à venir. Soyez sans peur.*
D'un geste ample, il lève sa massue et frappe la tête sculptée d'un grand tapir de pierre. Le mur s'ouvre soudain devant les yeux écarquillés des hommes. Ollantay les invite à entrer. La poussière dégagée par les pattes des lamas chargés brouillent sa vision de longues minutes. La dernière bête conduite par le dernier guerrier entre enfin. Ollantay les suit, entendant dans son dos le crissement du mur qui se referme. Ils progressent dans un couloir qui leur paraît

sans fin, les bêtes hésitent et les hommes doivent sans arrêt leur donner de grandes claques sur le train arrière pour les faire avancer. Le troupeau atteint une salle de la taille d'une montagne et du plafond rocheux tombe une lumière surnaturelle. Guidés par une force inconnue, hommes et bêtes se regroupent alors au point central de l'esplanade, formant ainsi une armée parfaitement alignée sous les rayons intenses qui les enveloppent. Fasciné par le spectacle, Ollantay ne remarque pas l'ombre bleue qui se glisse près de lui. Soudain, la lumière ondule en changeant de ton, passant du jaune doré à une blancheur éclatante. L'espace d'un instant, il ne peut s'empêcher de se protéger les yeux, faisant rempart de son bras d'un geste vif. Une fraction de seconde plus tard, l'éclat lumineux diminue, découvrant à son regard une armée de pierre tendue vers les siècles futurs. Il sent monter ses larmes, désespéré du spectacle de ses compagnons rigidifiés quand une douce pression sur son épaule le fait se retourner. Le regard infini de compassion d'une femme qui le fixe l'envahit d'un calme inconnu de lui. La beauté de ses traits n'a d'égal que l'aura d'amour qui se dégage d'elle et de sa peau bleue se dégage une énergie dont Ollantay perçoit la sève remplie de vie. Il s'agenouille, écrasé par la force de sa rencontre, persuadé d'être en présence d'un dieu. La main le relève et le son d'une voix chantante pénétrant son esprit le surprend: « *Sois rassuré, tes compagnons sont bien vivants, tu ne vois là que leur image destinée aux hommes du futur qui découvriront ce lieu. Mon peuple a décidé de les accueillir, mon peuple dont toi et les tiens êtes les descendants. Ainsi, ta promesse à l'Inca sera respectée et l'or sera gardé en sécurité, très loin de cette terre. Quant à toi, il t'appartiendra de transmettre ceci à tes enfants et aux enfants de tes enfants. Chaque fois qu'un danger menacera ce lieu, la puissance de cet objet permettra de le sauvegarder. Tu en es le premier détenteur.* »

Elle tend vers Ollantay un masque d'or qu'elle lui pose délicatement sur la tête. Instantanément, le guerrier comprend qu'il n'est pas en présence d'un dieu mais d'un semblable différent, il comprend la vérité du monde et sa multitude de formes. Il comprend que désormais, sa vie s'écoulera sans regrets et sans doutes, animée d'une seule nécessité, attendre qu'un jour enfin l'humanité soit assez sage pour apprendre la nouvelle.

Un jour, le lac

Un jour, le lac

Chapitre 6

Les deux kilos du Desert Eagle pèsent lourd dans l'étui sous la veste. Mais Lev n'en a cure. çà le rassure plutôt. Fabriquée en Israël, l'arme a la puissance de feu d'une canonnière et la fiabilité d'un banquier suisse. Pragmatique, Lev l'a toujours préférée à toute autre, et jamais elle ne l'a trahi lors de ses nombreuses missions. A presque soixante ans, Lev est resté tonique, son attitude décontractée cachant une machine à combattre d'une efficacité absolue. Une trentaine d'années auparavant, la perte de son œil dans une rixe avec des militants fascistes l'avait fait mûrir à grande vitesse. Il s'était juré de ne plus jamais subir un combat et surtout d'en sortir toujours indemne. Avec un humour un peu grinçant, Lev affirmait que s'il avait perdu un oeil, il avait au moins gagné un ami. Depuis, ce lien puissant avec Coleman durait et ils se voyaient régulièrement, la plupart du temps pour le plaisir mais quelquefois aussi dans le cadre d'affaires liées à la traque des anciens nazis. Recruté par le Mossad, Lev était devenu un spécialiste de ce genre d'enquêtes qui finissaient souvent par une élimination physique. Mais le temps de l'action avait cédé la place au temps des diplomates et Lev, un peu dépité, avait décidé de prendre sa retraite.

-Eh, Harry, on se met au soleil ou à l'ombre ? De toute façon, la bière est fraîche !

- Où tu veux mon ami, le soleil et l'ombre sont les deux faces d'un même monde, tu le sais bien!

- Tu parles comme un vieux rabbin, Harry. Si tu continues comme çà, il faudra te convertir!

- Tu crois vraiment que j'ai une tête à me convertir ? Je suis et je resterai toute ma vie un mécréant !

Les deux hommes partent d'un gros éclat de rire en s'asseyant à la terrasse. Ils hèlent le patron en espagnol et commandent leurs bières.

- Maintenant qu'on est là, on fait quoi, Harry ?

- Il faut trouver un moyen discret d'aller à Vilcabamba. Jenny a dû y emmener So et l'allemand. Elle est la seule à connaître l'endroit.

- D'après les renseignements du bureau de Lima où j'ai gardé un contact, ils ont été kidnappés par un groupuscule néo-nazi et ont réussi à s'évader avec leur garde. Mais on n'est pas les seuls à les chercher. Des gars de Manco Inca les suivent. A priori avec des amis de So.
-Dis-moi, Lev, le Mossad est toujours aussi bien renseigné ?
-C'est notre boulot, Harry. Surtout quand des nazis traînent dans le coin. D'ailleurs, j'ai l'impression qu'on est suivi. La Mercedes grise garée en face, à trois heures. Trois hommes dedans. T'es armé Harry ?
-Mon vieux Smith...le 45.
-Ces gars là sont venus pour nous plomber, Harry. Je le sens. On fait comme si on avait rien remarqué, on prend le bus pour le Machu-Picchu. On s'arrangera pour leur fausser compagnie en rase campagne...
-Ok, on y va.
Ils se lèvent avec une nonchalance de touristes et gagnent la gare routière, distante d'un peu moins d'un kilomètre. D'un rapide coup d'œil, Lev a signifié que la Mercedes a démarré lentement et qu'elle les suit à

distance. Bizarrement, Lev a l'impression qu'ils ne prennent aucune précaution pour les suivre:
- *Harry, quelque chose cloche. Ces gars se foutent complètement d'être repérés. C'est pas normal...*
Des dizaines de touristes se pressent devant les guichets qui délivrent les tickets pour le Machu Picchu. Harry s'avance dans la foule qui reflue en râlant. Il s'adresse en anglais à un jeune couple à l'air déçu.
- *Bonjour, que se passe-t-il ?*
-*La vente des billets est suspendue pour aujourd'hui, ils disent qu'il y a trop de monde pour la visite. Il faut revenir demain. Ou prendre un taxi.*
- *Merci, et bonne chance pour le taxi.*
Lev , qui s'est glissé derrière Coleman, lui tape sur l'épaule:
- *Tu ne trouves pas çà étrange ?*
- *Si, Lev. Mais si on veut être dans les temps, on a pas le choix. Il nous faut un taxi. Ou une voiture de location.*
- *On voudrait nous isoler qu'on ne s'y prendrait pas autrement. Ouvrons l'œil, Harry. Çà ne sent pas bon !*
- *Tu préconises quelle solution ?*

- Les taxis ne sont pas nets dans ce pays. Tu peux te retrouver rapidement braqué par un gang. On a suffisamment de problèmes comme çà. On loue une voiture. Tiens, là-bas, on dirait une agence de location.

La réceptionniste de chez Hertz les gratifie d'un sourire enjôleur. Elle les croit américains et chacun ici sait que les américains sont riches. Lev lui explique dans un espagnol parfait qu'ils veulent se rendre au Machu Picchu et qu'ils n'ont pu avoir de billets pour le bus.

- Oui, trop de gens. C'est mauvais pour la visite. Vous désirez une voiture ? Il nous reste peu de modèles, les gens se sont précipités dessus. Une Ford Fiesta ? Mais il n'y a de routes qui mène au Machu Picchu. Vous devrez prendre un train avant le village D'Aguas Calientes...

Lev acquiesce. Il aurait préféré un véhicule plus puissant mais le temps presse.

- Je veux garder la voiture trois jours, on a besoin d'aller à Vilcabamba aussi.

- C'est très beau, magnifique, vous verrez...Il me faut votre permis de conduire et votre passeport.

La fille s'éclipse avec les papiers ct revient

quelques minutes après, une pochette en carton dans les mains.
- *Voici votre dossier de location, j'ai fait les copies de vos papiers et j'ai remis les originaux dans la pochette.*
Harry tend sa carte bleue à la réceptionniste qui encaisse le prix de la location.
- *Vous ramenez la voiture dans trois jours, ici, avec le plein. Je vous souhaite une bonne visite.*
Les deux hommes pensent la même chose au même moment: dans trois jours, où seraient-ils? Vivants ou morts ?

***

Rangées dans un ordre impeccable, les centaines de statues de pierre semblent observer notre approche d'un regard froid. Le spectacle me glace tant les bêtes et les hommes semblent avoir été surpris par ce passage du vivant au minéral. L'un des guerriers, la main posée sur la tête de son lama dans un geste d'apaisement a les yeux levés vers le plafond, un rictus de stupeur sur le visage. Hans, nerveux, passe de lama en lama, scrutant leur chargement:

- *L'or ! Où est l'or ? Tout çà n'est que de la pierre !*
Excité, l'air fou, il se précipite vers Jenny, son arme au point:
- *Tu m'as roulé, il n'y a pas d'or ici. Je vais te faire exploser la tête !*
La main sur la gorge de Jenny, il la secoue avec violence, les yeux hagards. Jenny ouvre péniblement la bouche:
- *Je ne sais pas. Je te jure que je pensais que l'or était là. J'ignore tout de çà...* dit-elle en pointant son doigt sur les statues.
Tête de Puma s'avance vers Hans:
- *Les dieux à la peau bleue l'ont emmené avec eux...tu ne le trouveras jamais.*
- *Toi, le sauvage, ferme là ! Et reste à ta place, compris !*
Il lâche enfin Jenny et la repousse si violemment qu'elle tombe. Une brusque bouffée de haine percute mon cerveau, je vais le tuer. Hans a compris et me vise avec application:
- *Un pas de plus et tu meurs.*
Stoppé dans mon élan, je jette un coup d'oeil à Jenny qui s'est relevée sans mal. Hans me suit du regard:
- *Tu la rejoins, les mains sur la tête, tous les*

deux. Mes petits camarades ne vont pas tarder à nous retrouver, ils nous suivent régulièrement depuis qu'on s'est enfui grâce au petit traceur électronique installé sous le 4x4...on n'est jamais assez prudent... Je suis sûr que tu parleras Jenny...Anke peut être très persuasive quand elle s'y met...
-Tu t'es servi de nous pour arriver ici ! Tu n'es qu'un ignoble salaud...
- Non, un soldat du reich ! Tu es vraiment naïve ! Tu a pu croire cru que je pourrais trahir les miens pour de l'or...Mais je me moque de l'or pour mon compte personnel. Tout ce qui m'intéresse c'est qu'il serve le grand reich. Ma personne compte peu, ma vie compte peu ! La tienne aussi d'ailleurs...Hors la victoire du reich, rien ne compte ! Tu t'en apercevras vite.
Hans ponctue la fin de sa phrase en giflant Jenny avec violence.
- Pour l'insulte faite au soldat du reich que je suis !
A la vue du sang qui perle à la lèvre de Jenny, mes peurs s'évanouissent d'un coup et avant qu'il pu réagir, je cogne Hans de toutes mes forces en écartant l'arme braquée sur moi. Mais face à un tueur comme lui, ce

n'est qu'un répit. Il a encaissé et m'envoie un crochet qui me propulse au sol. En un instant le canon du revolver colle sa froideur sur mon front. Le doigt se crispe sur la gâchette, je vais mourir.

***

Le MI 24 ressemble à un gros frelon ventru qu'on aurait doté d'une mitrailleuse sous chaque aileron latéral. Trois des guérilleros s'installent aux commandes tandis que Le Condor et les autres bouclent leurs ceintures à l'arrière. Les cinq pales tranchent l'air chaud dans le grondement sourd des deux moteurs Klimov et l'engin s'arrache du sol avec peine. Une brusque accélération teinte le visage d'Harvey d'un gris nauséeux qui fait sourire Le Condor. A deux cent cinquante kilomètres heure, il leur faudra moins de trois heures pour rallier l'entrée des gorges de Vilcabamba. Là, atterrissage sur un terrain presque plat, encadré par la forêt et la montagne. Ensuite, ce serait une marche au pas de course pour atteindre les premières murailles de la cité. Le Condor regrette que Ramon ne les ai pas accompagnés, ils auraient pu évoquer le bon vieux temps, les missions dans la jungle pour dénicher les caches reculées des trafiquants alliés des néo-nazis, les uns profitant de l'argent de la drogue, les autres de l'organisation du groupe fasciste. Ils avaient mutualisé leurs moyens et leurs réseaux pour investir progressivement toute l'Amérique latine. Quand les Manco Inca tombaient sur une cache, les échanges, ultra-violents laissaient toujours quelques morts sur l'épais tapis végétal. Le Condor lui-même avait reçu une balle dans la jambe lors d'un de ces coups de main et c'est Ramon qui l'avait ramené, le portant sur ses épaules pendant des kilomètres. Oui, décidément, il aurait bien aimé qu'il soit là aujourd'hui...Perdu dans sa nostalgie, il baisse la tête et aperçoit sous la banquette d'en face un attaché case en aluminium. Intrigué, il se penche pour le saisir, sous les yeux étonnés de Lény et d'Harvey. L'objet pèse lourd et Le Condor peine pour le poser à plat sur son siège. Les pouces sur les deux serrures, il l'ouvre, curieux de découvrir ce qu'il peut bien contenir...Couvercle béant, Le Condor lit alors les derniers mots de sa

vie, écrits à l'encre rouge sur une feuille posée sur la mise à feu d'une bombe dont les chiffres luminescents indiquent quinze secondes:
Ne fais jamais confiance à personne, à bientôt en enfer ! Ramon.
A cinq secondes, la vérité jaillit dans l'esprit du Condor qui comprend que Ramon les a trahis. Poussant une sorte de gémissement douloureux, il regarde Lény et Harvey, les yeux embués de larmes:
- *Pauvres de nous...*
La déflagration transforme instantanément l'appareil en une boule de feu qui se désagrège sur la crête d'un pic enneigé. Dans l'air où flotte une effluve de kérosène, le vent des hauteurs finit par disperser les mille débris légers qui hanteront longtemps la mémoire des cimes.

***

La calandre ornée d'une étoile se rapproche dangereusement de l'arrière de leur voiture, presque à la toucher. Le conducteur, lunettes noires sur un visage de marbre ralentit pour se laisser distancer et réaccélère comme un obus pour freiner à quelques centimètres du pare-chocs de la Ford. Le petit jeu recommence une dizaine de fois puis soudain, la Mercedes s'immobilise sur la bas côté et fait demi-tour.

- *J'ai l'impression qu'ils veulent jouer avec nos nerfs. T'en penses quoi Harry ?*
- *J'ai les nerfs suffisamment solides pour résister à leurs gamineries. Ce qui m'inquiète, c'est ce qu'ils veulent nous dire à travers ça. Depuis qu'on monte sur cette route, ils auraient pu nous envoyer vingt fois dans le ravin. Et ils ne l'ont pas fait. Pourquoi ?*
- *Ils cherchent à nous impressionner, Harry. Où alors à nous tranquilliser avant de nous attaquer réellement. On a encore pas mal de chemin pour arriver à Vilcabamba, et pas mal d'endroits parfaits pour un guet-apens...*
- *Passe-moi la carte, Lev. Elle doit être dans ton bac de portière. Merci. Voilà, on est ici, il faut rejoindre Ollantaytambo et qu'on prenne la route numéro 28B jusqu'à Vilcabamba. Plus de deux cents bornes. Au moins trois heures, voire plus si les routes sont mauvaises...*
- *Cà marche, Harry. C'est parti !*

Lev écrase l'accélérateur avec conviction, mais le moteur atmosphérique, déjà anémique en temps normal, s'essouffle avec l'altitude. Prenant leur mal en patience, les deux hommes se contentent donc des piètres prestations de leur voiture tout en surveillant attentivement la route et les environs. Au moins le paysage est-il somptueux, les sommets andins se découpant crûment sur le ciel dans la lumière du plein midi. Sans l'urgence d'atteindre leur but, ils pourraient se croire en pleine séance de tourisme et malgré leur vigilance, ils se détendent doucement. C'est à la sortie d'un petit hameau perdu que le pare-brise vole en éclats sous l'impact d'une balle de gros calibre. Lev braque violemment et finit la course de la Fiesta sur la butte meuble d'un accotement. Ils s'éjectent de la voiture et roulent sur le sol pour se réfugier derrière un rideau d'arbres à pain. Les tirs cessent, laissant place à un silence seulement troublé par le vent de la montagne.

- Ce tireur aurait pu nous abattre tous les deux, Harry. Ils nous veulent vivants.
- Je crois que tu as raison, Lev...d'ailleurs on n'est pas tout seuls...

Suivant la direction du regard d'Harry, Lev se retourne arme au poing: dix hommes en treillis noir les mettent en joue. Ils n'ont rien vu venir et surtout rien entendu.
-*Des professionnels*, pense Lev. Résigné. Il pose délicatement son arme sur le sol, imité par Harry.
- *J'ai plaisir à constater que vous êtes raisonnables, messieurs. Levez-vous, mains sur la tête. Voilà, c'est très bien comme çà. Au moins, je n'aurais pas à vous tuer. Pas tout de suite en tout cas.*
Visiblement chef du groupe, il sort un talkie-walkie:
- *Tu peux venir, on a le colis.*
Lev ne s'étant jamais considéré comme un colis, il en est vexé. Fixant l'homme avec une attention particulière, il se promet de lui faire payer cher cet affront, et dans un délais très court...ce en quoi il se trompe car dès qu'on les a poussés à l'arrière de la camionnette qui vient d'arriver, la porte est refermée à l'exception d'une ouverture ronde, suffisamment grande pour laisser passer la tête d'une bombe de gaz soporifique. Harry a juste le temps de voir Lev s'écrouler avant de sombrer dans le noir

d'une nuit incertaine.

***

A cette distance, ma tête va éclater, c'est sûr. Quelques centimètres séparent mon front d'une l'éternité que j'aurais souhaité la plus tardive possible mais rien ne se passe. J'ouvre un œil, conscient de ma fragilité et des secondes qui s'écoulent au rythme des battements sourds de ma poitrine. Hans est toujours debout, la main serrée sur la crosse, mais son air absent me redonne des couleurs. A la base du cou pointe l'empennage coloré d'une fléchette qui l'a paralysé de façon foudroyante.

- Il ne sait même pas qu'il est mort. Le poison s'est répandu dans son corps plus vite que la vitesse de sa pensée. Un poison que mes aïeux utilisaient déjà lors de leurs guerres tribales...la forêt regorge de plantes intéressantes et la connaissance de mon peuple pour ces choses est immense...

En prononçant ces mots, Tête de Puma me montre une sarbacane d'environ vingt centimètres:

-Pratique, légère et facilement dissimulable.

Tu me dois donc deux vies maintenant !
Le bougre semble très satisfait de son effet et me tend la main pour m'aider à me relever. Jenny s'effondre presque dans mes bras, épuisée par toutes les tensions qu'elle a subies aujourd'hui. Voir l'homme qu'on aime mourir deux fois dans la même journée, c'est trop pour elle. Elle se ressaisit pourtant et m'adresse un sourire lumineux qui se termine dans un sanglot entrecoupé de rires. Se détachant de moi, elle embrasse avec force Tête de Puma sur les deux joues, déversant une gratitude infinie dans son geste. Soudain moins bravache, le vieil inca rosit.
- J'ai bien peur que ma sarbacane soit insuffisante pour arrêter ceux qui vont bientôt arriver.
- De qui parles-tu ?
- Des hommes en armes qui se dirigent vers nous. Plusieurs dizaines. Une femme est à leur tête et ils ont deux prisonniers. L'un d'eux est ton ami, Jenny. Un homme âgé au sourire malicieux...
Jenny s'étonne puis lâche dans un murmure;
- Monsieur Coleman, c'est lui qui m'a guidée jusqu'ici. Mais comment se fait-il

qu'il soit là ?
- Dans son cœur, j'ai lu de l'inquiétude pour toi. Il a voulu te suivre pour te protéger, avec l'ami qui l'accompagne, ils sont tombés dans le piège tendu par les collègues de celui-ci...
Tête de Puma montre Hans. Je l'interroge:
-Mais comment sais-tu tout cela?
- Mes visions, mon ami, mes visions, celles que les dieux m'accordent...et il me faut te dire quelque chose de terrible...
-Quoi donc ? Parle !
Tête de Puma se rapproche, une bonté profonde dans le regard. Lorsqu'il me pose les mains sur les épaules, je ressens sa compassion bienfaisante envahir mon corps:
- Tes amis Lény et Harvey sont morts. Celui qu'on appelait Le Condor aussi. Avec cinq membres d'un groupe qui venaient tenter de vous sortir d'ici. L'hélicoptère dans lequel ils avaient pris place a explosé en vol. Une bombe. Et l'homme qui leur a ôté la vie l'a fait pour quelques centaines de milliers de dollars, payés par ces nazis...Je comprends ta peine...
A l'annonce de leur mort, la douleur me submerge, puis la colère. Une colère froide,

vague de fond d'une violence inouïe. Je relève la tête vers l'inca:
- *Qui est celui qui a les tués ?*
- *On l'appelle Ramon, et toi tu es celui qui lui arrachera le cœur...*
Tête de Puma me glisse dans les mains un coutelas au manche d'os et à la lame brillante comme de l'or. Dans ses reflets, j'imagine ma vengeance.

Un jour, le lac

Un jour, le lac

Chapitre 7

La voix du vieil inca résonne avec légèreté sur les parois rocheuses:
- *Si par un soir d'été, le rêveur laisse aller sa conscience fureter vers les étoiles, celle-ci se perdra avec délices dans les deux cent milliards d'astres brillants peuplant la Voie Lactée. Laissant très loin derrière les bras spirales de notre galaxie, elle entrera alors au creux de l'univers, découvrant sans limites de nouveaux champs possibles. Et plus elle ira loin, et plus elle ira tôt, jusqu'à la source infime d'où sortit l'univers. Voyager dans l'espace c'est remonter le temps, sentir ses pulsations c'est compter ses secondes et sa réserve d'heures. Multipliant ses sauts, de trou noir en naine blanche, elle comprendra alors que la vie est partout et partout identique. En regardant au loin, le rêveur immobile voyage à toute allure au profond de son être. Laisse donc aller ton rêve et laisse-le te remplir, tu t'ouvriras alors à de nouvelles formes et à d'autres beautés, d'humain de chair et d'os tu vibreras au monde, laissant*

choir sur la terre le sac lourd de tes doutes et la boue de tes peurs. Sur ce terreau fertile naîtra ton existence et ta respiration.
- Qui donc a écrit cela, Tête de Puma ?
- Personne en particulier, chaque homme en général. En de multiples langues, ce message est gravé au cœur de nos cellules. Reste à le lire. A le laisser mûrir et à l'apprivoiser.
- Je ne comprends pas tout ce que tu viens de me dire...
- Ne cherche pas à comprendre. Il vaut bien mieux vivre et sentir. Mais arrêtons-nous là. Je t'ai dit tout à l'heure que ma sarbacane était bien ridicule face aux armes automatiques des tueurs d'Anke. Nous n'avons aucune chance d'en sortir vivants sans aide...
- De l'aide ? Qui pourrait nous aider ? Coleman est prisonnier, Le Condor est mort...
- Il est temps pour vous de rencontrer ceux que j'appelle mes dieux.
- Tes dieux ? Tu as parlé à Hans des dieux à la peau bleue. S'agit-il d'eux ?
- Oui. En réalité, ce ne sont pas des dieux... les dieux n'existent pas, seule l'énergie de

l'univers existe.
- Qui sont-ils alors ?
- Ils ne sont que les lointains ancêtres de l'humanité. Nous venons des étoiles et nous y retournerons, ou alors explique-moi pourquoi notre humanité s'échine à construire des fusées si ce n'est pour continuer le grand essaimage...Dans la cosmogonie de mon peuple, il est dit qu'une femme est arrivée sur terre il y a fort longtemps, venue du ciel dans un vaisseau d'argent et qu'elle se posa sur l'île centrale d'un lac. Là, elle engendra ses descendants grâce au tapir-cochon. Il est probable que cette femme qu'on nomme Orejona, celle qui a de grandes oreilles, n'a jamais fait l'amour avec un tapir. mais qu'elle pratiqua des manipulations génétiques entre sa race et le tapir. Desquelles nous sommes issus. Ces êtres reviennent régulièrement pour évaluer le degré d'évolution des hommes et ponctuellement leur amener des connaissances. Ou leur procurer une aide. Et aujourd'hui, je vais leur demander leur aide...

Jenny, jusque là silencieuse, tente une question:

*- Y-a-t il un rapport avec ce fameux masque d'or volé chez Coleman ?
- Plus qu'un rapport, répondit Tête de Puma. Une évidence. Ce masque d'or n'est ni plus ni moins que le masque d'Orejona. La tradition affirme qu'il est doté du pouvoir de deviner les choses...C'est un objet précieux, infiniment précieux. A tel point, que lorsqu'un archéologue l'a retrouvé par hasard en 1971 et qu'il l'a vendu très cher à un antiquaire londonien-Harry Coleman- un commando néo-nazi dirigé par le père d'Anke l'a dérobé dans sa boutique. Mais ce masque est revenu ici, par la seule force de l'esprit de mes dieux, et les nazis en furent pour leurs frais. Depuis, ils ne cessent de le rechercher, voulant à tout prix s'approprier ses pouvoirs de haute magie. Car un seul être a le droit de le porter, celui qui mit en sécurité le trésor de l'empereur, Ollantay le guerrier. Et c'est à cet homme que je vais demander de l'aide.
- Vous voulez dire qu'Ollantay vit toujours ? Depuis l'époque de Pizarre ? s'écrie Jenny.
- On peut concevoir le temps qui passe de bien des façons...Pour lui, ces siècles passés se comptent en semaine, tout au plus. C'est*

lui qui par ce masque m'envoie des visions. Et je sais maintenant qu'il est là. Tout proche.

***

Même les serpents ont fui à l'approche des hommes d'Anke. Le bruit de leurs bottes, insupportable, a laissé sur la terre sacrée de la vallée comme une onde de mort. Près de cinquante combattants ont pris position face à la porte triangulaire et Anke a ordonné la pose d'explosifs sur la pierre, accrochés par une sangle au groin du tapir. Plus loin vers l'arrière, les deux prisonniers sont agenouillés sur la poussière, n'espérant plus grand chose de leur avenir respectif. Quand Anke s'approche d'eux son lüger à la main, ils comprennent que la fin est proche, que la bête a gagné, même momentanément. Lev se penche vers son compagnon:
- *Au moins Harry, on ne mourra pas dans un lit.*
- *Tu sais que j'ai toujours aimé mon lit. Cà ne m'aurait pas dérangé d'y finir...disons dans vingt ou trente ans...*
- *Cette furie est aussi belle que mortelle,*

ajoute Lev en scrutant le visage angélique de l'allemande qui s'approche.
- *Comme quoi, mon ami, la beauté est subjective...*
- *Encore une réflexion comme çà et je vais regretter d'être là. Tu serais vraiment un bon rabbin !*
Anke les dévisage avec froideur:
- *Alors messieurs, on philosophe encore. Dans un moment pareil ? Je dois avouer que votre courage m'impressionne mais il est bien inutile. Dans quelques minutes, j'aurai fait sauter la porte, et éliminé ces gêneurs que sont vos amis. A moins que vous ne leur demandiez de se rendre...Auquel cas, je vous laisserai la vie sauve à tous...*
Harry et Lev se regardent, sachant bien qu'Anke ment. Lev rompt leur silence:
- *Vous mentez mal, Anke. Allez vous faire foutre, vous et vos nazillons de pacotille !*
- *Alors, tant pis pour vous. Mais vous n'aurez pas la chance de mourir vite...*
Elle hurle un ordre en allemand:
- *Pendez-moi ces deux chiens et que çà dure longtemps !*
Un soldat a déjà lancé deux cordes à la

branche basse d'un arbre. Deux autres poussent Lev et Harry vers le nœud coulant qui les attend. Lev s'étant juré un jour de ne jamais subir un combat se retourne brusquement sur son garde et lui envoie un coup de pied puissant sur son genou droit qui craque. Au hurlement du soldat s'ajoute le choc mat de la crosse d'un fusil sur le crâne de Lev. On le traîne à la potence improvisée. Allongé sur le sol, on lui passe la corde autour du cou en même temps qu'Harry. Anke lui lance:
- *Regarde bien cette porte qui va exploser avant de mourir. Tu en emporteras l'image en enfer !*
A peine a-t-elle parlé que la muraille se disloque dans une détonation qui leur vrille les tympans. Quand la poussière s'éparpille, un trou béant fait place au passage triangulaire.
Quatre nazis ont empoigné le bout des cordes, deux par deux. Ils tirent de toutes leurs forces. Harry suffoque, tentant de se dégager de l'étau qui broie son cou. Sa vision se brouille sur ses souvenirs qui affluent...et brusquement il tombe à terre. Effaré, il voit les dizaines de nazis porter

leurs mains sur leurs tempes, une grimace de douleur sur leurs visages. Du sang coule de leurs narines et de leurs oreilles quand ils s'effondrent. Morts. Tous morts, exceptée Anke, un air de folie dans les yeux, qui assiste à l'anéantissement de son armée. Face à elle se dresse un guerrier de haute taille, une massue à la main. Le masque d'or qui lui cache le visage n'exprime rien quand la massue se lève et vient s'abattre sur son crâne. Anke s'affaisse sur elle-même, sans un cri lorsqu'elle entre dans une nuit sans fin. Derrière le guerrier, une femme d'une beauté surnaturelle porte un objet plat et lisse qu'elle tient devant elle à la façon d'un bouclier. A ce moment là, je réalise avec stupéfaction que toute sa peau nue est entièrement bleue. Coleman se dit qu'il doit être mort, et pourtant, il respire malgré le feu du chanvre sur sa gorge. Une joie rare lui monte des entrailles à la vue de Jenny qui court vers lui et qui fait glisser la corde. Libre et vivant, tout comme Lev que So a déjà libéré de sa corde et qui ouvre des yeux de nouveau-né sur le monde.

***

Souple et rapide, la main bleue court sur la plaque de verre opaque avec grâce et efficacité. Elle s'arrête quelquefois et caresse la surface lisse, laissant alors apparaître un symbole que je ne sais pas déchiffrer. Les corps des nazis deviennent soudainement translucides et disparaissent comme happés par une faille invisible. Les grands yeux bruns de l'étrangère se tournent vers moi comme pour me parler. J'entends distinctement sa voix, mélodieuse et rythmée:

Je viens d'un monde où fut conçu ton monde. Depuis fort longtemps, je visite cette terre, comme un jardinier prend soin de ses roses. Ce que tu as vu aujourd'hui, tes amis vont l'oublier car peu de gens peuvent admettre l'existence d'autres vies, d'autres terres...Je te laisse ce souvenir de moi pour que tu puisses plus tard l'écrire dans un livre dont tes semblables diront que c'est de la science-fiction. Alors tu souriras en pensant à moi. Je repars à ma source y repuiser des forces en emmenant Ollantay et le Prêtre Sans Nom, celui que tu nommes Tête de Puma. N'oublie-pas: tu dois accomplir ton destin en faisant non pas

vengeance mais justice...Le début de l'envol du condor qui est en toi. Adieu. J'ai reprogrammé dans cette machine l'histoire de tes amis. Aucun d'entre eux ne se souviendra de cet endroit, ni même de toi...Mais sache que l'amour de Jenny survivra à l'oubli. Sois patient, va au lac chaque jour et attend. L'altitude et le temps sont les alliés du condor.
Adieu, terrien et que l'amour soit ta force.
Tête de Puma hoche la tête, un rien de tristesse au fond des yeux, comme si me quitter le chagrinait. Ollantay à ses côtés, il disparaît à l'intérieur de la forteresse. Je me retourne vers Lev, Harry et Jenny. Ils semblent tous dormir debout. J'essaie de secouer Jenny qui ne réagit pas. Je comprends tout à coup que je ne la reverrai peut-être plus jamais, mais les paroles de la dame bleue remontent en moi et c'est avec confiance que je les vois tous les trois suspendus un instant dans l'air tiède et disparaître dans un frisson bleuté.

***

En me voyant entrer dans le bar vide à cette heure de la journée, Ramon suspend la tasse

de café devant ses lèvres. Son regard laisse transparaître de l'étonnement mais aucune peur. Je m'assois face à lui.
- *Je viens de la part de mes amis morts...ceux que tu as tués...*
- *Et tu comptes me tuer aussi ?*
- *Oui. Ici, dans le bar du Condor.*
Je suis surpris par le ton de ma voix, ferme et sans faiblesse. Je n'ai jamais tué personne, je n'y avais même jamais pensé jusqu'à ce que j'apprenne la mort de mes amis. Le stylet tranchant que m'a confié Tête de Puma repose pour l'instant dans un fourreau de cuir suspendu à ma ceinture et cachée par une longue veste. Comme s'il avait deviné mes pensées, Ramon me dit à voix basse:
- *C'est très spécial de planter un couteau dans la chair d'un homme. Évite les tendons ou les os, choisis le cœur ou la gorge, c'est plus facile...Mais je ne crois pas que tu sois capable de faire çà. Trop lâche, trop civilisé....*
Ce salaud a raison, ma haine envers lui n'a pas totalement effacé mes retenues morales. J'aurais préféré le voir emmener menottes aux poings par la police mais j'ai une dette envers Tête de Puma, je lui dois deux vies et

il me fait confiance dans cette mission de vengeance qu'il m'a confiée. Mon esprit s'échauffe, je pèse le pour et le contre, j'hésite, je me maudis et je me trouve des excuses. Je suis perdu.
- *Tu vois, petit gringo, je n'ai rien à craindre de toi...*
Du mépris plein les lèvres, il se lève pour sortir. Il me jette:
- *J'ai peut-être trahi Le Condor, mais je l'aimais bien, j'étais son ami...A te voir ainsi, il t'aurait vomi dessus. Et il aurait eu raison. Tu ne mérites pas son amitié !*
Ses paroles me font l'effet d'un électrochoc et cette ordure ne se rend pas compte qu'il vient de me donner le courage qui me manquait. Soulevant le pan de ma veste, je dégaine la lame et je le frappe à toute volée au visage. Vif comme un serpent, il esquive le coup et me tord violemment le bras en m'arrachant l'arme des mains. Une fraction de seconde, je sens le métal froid sur ma gorge mais Ramon me lâche en me poussant:
- *Tu as vu comme il m'aurait été facile de t'égorger,.. me lance-t il en riant. Je vais te montrer ce qu'est le courage physique, çà te*

donnera une leçon pour la prochaine fois où tu voudras tuer un homme !
Dégageant un bras de son poncho, il trace une large estafilade sur sa peau. Pas un muscle de son visage n'a frémi...
- *Voilà comme on doit vivre, quand on est un homme, gringo !*
Ses yeux se troublent soudainement tandis qu'il regarde son bras devenir violacé. Avant d'avoir pu prononcer autre chose, il tombe. Mort. La vérité me saute aux yeux lorsque je vois sur la lame ensanglantée surnager une humeur verdâtre...Le maître des poisons, Tête de Puma, l'avait enduite de l'une de ses liqueurs mortelles...

***

La pierre plate rebondit sept ou huit fois sur la surface agitée de vaguelettes avant de se perdre au fond du lac. J'en relance une, songeant à ma situation actuelle: j'ai repris mon travail à la scierie en expliquant à Luis que Lény et Harvey avaient brusquement décidé de rentrer chez eux en Irlande. Je ne sais s'il m'a cru, mais il n'a pas posé de questions. Tout comme Maricielo qui semblait totalement avoir oublié la réunion précédant le départ du Condor pour le rendez-vous avec Ramon et même l'existence de Jenny. Six mois déjà qu'à chaque fin de journée, je viens au lac pour faire des ricochets. Aujourd'hui, l'air s'est chargé d'un souffle pas comme les autres, les vagues se sont calmées, réduites à de petites crêtes argentées qui se chevauchent sans violence. Mon regard s'est perdu au ras de l'eau, s'accrochant par hasard à une silhouette lointaine qui paraît danser sur la terre de la rive opposée, de l'autre côté de la surface liquide. Plus la silhouette avance et plus la certitude de la connaître prend forme dans mon esprit. C'est elle, j'en suis sûr maintenant, elle dont les rayons obliques du soleil couchant embrasent la chevelure dorée. Nu comme l'espoir dans la nuit, je plonge, fendant à grandes brassées la distance qui me sépare encore d'elle. L'eau n'est pas froide, l'eau n'est pas noire. A quelques mètres de moi, posée au creux du sable blanc, la lumière resplendit.

FIN

Un jour, le lac

Retrouvez les livres du même auteur sur :

www.bod.fr ou www.ge29.fr

les librairies en ligne et bien

évidemment sur commande chez votre

libraire préféré.

Un jour, le lac

Un jour, le lac

*Achevé d'imprimer au mois de mai 2013
par Books on Demand GmbH, Norderstedt,
Allemagne.*